"나는 깨달았다.

행복은 누가 주는 것이 아니라

내가 만드는 것임을…

나에게 고맙고, 당신에게 고맙다."

한 편의 영화 같은
인생 이야기

나는 북한댁이다

○ 북한댁 지음

좋은땅

대한민국에 살고 있는 평범한 북한댁의 이야기를 시작하며

나는 고향을 떠난 지 19년이 되었고 한국에서 생활한 지도 어느덧 13년 차가 되었다. 지금은 남들처럼 평범한 삶을 살고 있지만, 이전까지는 우여곡절이 많은 삶을 살아왔다.

아주 위험하고 험한 여정을 거쳐 목숨 걸고 여기 한국까지 왔지만, 북한을 떠나는 순간부터 한국에서 생활하며 살아온 지금까지 나 자신을 숨기며 솔직하지 못한 인생을 살아왔다. 나를 믿고 사랑해 준 남편과 나의 분신인 사랑스러운 아이들에게까지도… 그리고 한국에 살면서 이런저런 도움을 주며 나를 신뢰했던 가까운 이웃들에게도 나자신의 원래 모습을 보여주지 못하고 숨기며 살아왔다. 꼭 숨기고 살아야만 했는가에 대해 군이 변명이라도 해야 한다면 그것은 바로 불안과 두려움 때문이었다. 무엇이 나를 그토록 불안하고 두렵게 만들었을까…?

나의 불안은 북한을 떠나는 순간부터 시작되었다. 중국에서 살 때는 공안에게 붙잡혀 언제 북송될지 모른다는 불안이 있었고 한국에서는 결혼 전부터 남편과 시댁 쪽에 숨겨온 나의 신분이 들통나 남편에게 버림받고 가족과 헤어질 수도 있다는 두려움이 컸다. 그런 반복적인 두려움과 불안은 나를 지배했고 내 자신에게도 솔직하지 못할 지경이 되었다. 나는 누구이며, 어떤 생각으로 무엇을 위해 사는지에 대한 깊은 생각조차 해 보지 않은 채 한심한 삶을 살고 있었다.

가짜 신분으로 불안과 두려움 속에 살던 나로 인해 제일 고통스럽고 힘들었던 사람은 바로 남편이었다. 처음 만날 때부터 남편에게 솔직하지 못했던 가짜 신분은 늘 나와 남편을 힘들게 하는 족쇄가 되었고 그것은 한 번의 고통으로 끝날 수 있는 것이 아니었다. 솔직하지 못한 탓에 고통과 불행은 계속되었고 불안과 두려움에서 벗어나지 못하고 있었다.

시작이 잘못되어 힘든 상황은 계속되었고 점점 더 깊은 수렁으로 빠지고 있었다. 두렵고 불안했던 나는 솔직해야 했던 순간마다 돈을 많이 벌어 잘 살면 된다는 허황된 욕심으로 나의 잘못된 생각을 합리화했다. 돈을 많이 벌어 나의 거짓은 감추고 고통과 불행 속에서 벗어나려 했던 모든 것들은 절대로 이뤄질 수 없는 것들이었다. 그런 허황되고 어리석은 욕심은 구체적으로 이야기하기는 어렵지만 결국 남편과 아이들까지 고통스럽게 만드는 참담하고 처참한 결과를 초래했다. 그 결과 나를 비롯한 우리 가족은 그 상처들을 이겨 내고 극복하기 위해서 많은 노력과 시간이 필요했다. 그렇게 힘든 경험을 하고 난 후 지금의 나는 인생에서 진정한 행복과 소중한 것이 무엇인지 비로소 깨닫게 되었다.

어쩌면 나의 이야기는 실패한 인생에 가까운 이야기일지도 모르겠다. 그러나 지금껏 내가 경험한 일과 시간들은 돈으로 환산할 수 없는 아주 값비싼 경험이었으며 그로 인해 나는 조금 더 성숙하게 되었고 한 단계 더 성장하게 되었다. 지금까지의 삶이 제1의 인생이었다면 제2의 인생은 이제부터 시작될 것이기에 내 인생을 실패한 인생이라고 생각하지 않는다. 잠시 구덩이에 빠졌을 뿐 나의 인생은 아직 끝이 아닌 정상을 향해 계속 가는 과정에 있기 때문이다. 조금 늦게나마 깨달은 이 소중함과 행복을 지키기 위해 나는 현재 진행형의 노력 중이며 앞으로 의미 있는 인생을 살아가기 위해 깊게 고민하며 준비하는 과정에 있다.

성공의 기준이 어느 정도이며 어디까지가 끝인지는 잘 모르겠지만 스스로 묻는다면 인생의 끝자락에서 내가 살아온 삶에 당당하게 만족하다고 말하며 행복하게 웃을 수 있다면 그것이 바로 성공한 인생이라고 생각한다.

요즈음 대중매체를 보면 유명한 새터민이 나오는 프로그램이 많아졌다. TV와 언론에서는 탈북 과정과 북한 내 생활상에 대해서 집중적으로 이야기하고 또 평양에서 살던 상위 1%의 엘리트들에 관해 다루는 것을 보았다. 그러나 한국 내에 정착하여 생활하는 평범한 새터민에 관한 프로그램은 접할 수가 없었기에 그런 점이 매우 아쉬웠다. 그 이유는 TV에 나오는 그들이 보여 주는 것들은 진정 한국에 정착하기 위해 노력하고 있는 대부분의 평범한 새터민 이야기가 아니기 때문이다.

한국 사회에 잘 적응하기 위해 갖은 편견과 오해, 선입견을 이겨 내고 매순간 최선을 다해 노력하고 있는 평범한 새터민의 이야기보다는 그들이 북한에서 살 때 경험담이나 북한의 실상에 대한 이야기에만 초점이 맞춰진 것들이 더 많았다. 어쩌다 뉴스에서 새터민 이야기를 접해도 정착에 실패한 사람들의 이야기들뿐이었다. 내가 알기로 남북하나 재단에서도 정착 사례 발표를 많이 하고 있지만, 언론에는 거의 알려진 바가 없는 것 같다. 새터민이 정착 과정 중 겪는 어려움과 애로사항은 매우 많다. 이 글을 쓰면서 그들의 이야기를 하나하나 담을 수는 없지만 나도 새터민의 한 사람으로서 새터민이 한국에서 정착하는 과정에 대해 이야기하고 싶었다. 개인적으로 조금 더 현실적이며 진솔한 새터민의 생활상을 담은 인간극장 같은 휴먼 다큐멘터리 프로그램이 생겨나서 새터민에 대한 새로운 인식의 변화가 생겼으면 하는 바람이다.

내 마음속에는 '우리 두 아들에게 내가 북한에서 온 것을 어떻게 말을 해야 하지?'라는 고민이 항상 있었다. '어떻게 말해야 마음의 상처를 받지 않고 엄마의 고향에 대해 잘 이해시킬 수 있을까?…' 아이들

에게 단순히 말 몇 마디로 끝낼 수 있는 것이 아닌 나의 인생 이야기
이기에 제대로 이해할 수 있도록 책으로 남겨 주고 싶었다. 아이들이
커서 어른이 되었을 때는 엄마의 고향인 북한에 대해서 부끄러워하
지 않았으면 좋겠고 더 나아가서는 북한에 대해 다른 이들보다 조금
더 잘 이해하며 미래의 통일에 필요한 인재들로 성장했으면 좋겠다.

마지막으로 서툰 글 솜씨에 두서없이 부족한 것 많은 평범한 북한
댁의 글이지만 진정성 있는 마음으로 최선을 다해 썼다. 이 글을 읽어
주실 모든 이들과 이 글을 쓰는 동안 비평가와 편집자가 되어 많은 도
움을 준 남편에게 진심으로 감사하며 나의 이야기를 시작하려 한다.

PART 2 / 중국에서

PART 3 / **한국에서**

PART 4 / 북한댁이 전하는 이야기

| 나가며 |

PART 1

북한에서

엄마가 떠난 그 길을 따라
우리도 북한을 영원히 떠나게 될 줄은
전혀 알지 못했다.

어린 시절

-N·K-

한국에 처음 왔을 때 나는 한국 사람들과 다른 말투 때문에 이런 말을 많이 들었다.

"말투가 이상한데? 어디서 오셨어요?"

"다문화 가족이에요? 아~ 중국에서 시집왔구나? 남편이랑 몇 살 차이에요? 남편은 농사지어요?"

어찌나 많이 들었던 말인지… 한국에서 산 지 13년이 된 지금, 이제는 나에게 이런 말을 하는 사람은 없다.

북한을 떠난 지도 벌써 19년이 되었지만, 그동안 나는 단 한번도 자신있게 북한에서 왔다는 말을 못 하고 살았다. 탈북민이라고 하면 다른 시선으로 보일까 두렵기도 했고 무엇보다 직업군인인 남편에게 직접적인 해가 될까 걱정이 되었기 때문에 다른 이들에게 나를 중국 동포라고 소개하곤 했었다. 중국에서 시집왔다고 하면 나도 그냥 다

문화 가족의 한 사람으로 보였기 때문이다.

아직 나에게서 그런 두려움이 완전히 없어졌다고 말할 수는 없지만 이제 더 이상 내 아이들과 스스로 부끄러워하며 살면 안 되겠다는 생각이 들었다. 사랑하는 두 아이와 남편에게도 제대로 털어놓은 적 없는 내 고향의 기억들과 이야기가 부끄럽고 두렵다 하여 없어지는 것이 아니며 영원히 바뀌지 않을 내 것이므로 조금 더 당당해지기로 했다.

나의 고향은 북한의 제일 북쪽에 위치한 함경북도 청진시 포항구역으로 그곳은 북한에서도 가장 추운 지역이었다. 태어난 곳은 청진시 포항구역이었지만 어린 시절 대부분을 보낸 곳은 라남구역에 있는 봉천동이라는 곳이었다. 한국처럼 그곳도 나라에서 운영하는 탁아소와 유치원(어린이집), 학교 등 교육 시설은 다 갖추어져 있었다. 그러나 다들 예상하다시피 한국과는 많이 다른 교육 환경이다. 의무교육이고 무상교육이긴 하나 자유롭지 못한 환경에서 제대로 배울 수 있는 것은 그리 많지 않았다. 책은 물론 TV도 나라에서 방송하는 것만 볼 수 있게 통제되어 있고 우리가 살면서 스스로 결정할 수 있는 선택의 자유는 거의 없었다. 그런 삭막한 곳에서도 행복을 느끼며 살 때가 있었는데 그때는 세상에 때 묻지 않아 순수하고 발랄했던 나의 어린 시절이었다. 보통의 어린아이들이 다 그러하듯이 어릴 적 나도 만화를 아주 좋아했다. 우리 아이들처럼 세계적으로 유명한 명화들과 한국에서 인기리에 방영되고 있는 헬로 카봇과 귀여운 캐릭터인 뽀로로 등과 같은 자유롭고 주제가 다양한 만화는 볼 수 없었지만, 그곳에도 만화는 있었다. 만화의 내용은 사상교육이 들어간 것만 방영하였고 그때 보았던 만화 중에 나의 기억에 아직도 남아 있는 만화가 있는데 바로 '다람쥐와 고슴도치'라는 제목의 만화였다.

다람쥐와 고슴도치 만화를 방영하는 시간은 평일 오후 5시였는데 그 시절엔 집마다 TV가 있는 것이 아니었기에 TV가 있는 집으로 제일 먼저 쪼르르 달려가 앞자리에 앉으려고 했었다. TV가 있던 주인집은 우리 동네에서 유지로 할아버지와 할머니 두 내외분이었는데 참 좋은 분들이었다. 동네에 사는 그 많은 아이들이 우르르 몰려와도 짜증 한 번 낸 적 없고 항상 그 시간이면 집 대문을 활짝 열어놓고 계셨다.

만화의 내용을 간략히 설명하자면 다람쥐와 고슴도치가 북한군의 정찰병으로 나오는데 그들이 정찰하는 곳은 적군 지역이었고 그 적군은 바로 미군이었다. 만화 속의 적군(미군)은 항상 아군(북한군)을 공격하기 위해 준비를 하고 있어서 그들의 비밀을 알기 위해 대장의 명령을 받고 정찰을 나가는 내용이었다. 만화에 나오는 다람쥐와 고슴도치는 항상 영리하고 용감했으며 특공무술도 뛰어난 정찰병이었다. 그리고 적군으로 나오는 미군은 무시무시하게 생긴 승냥이였는데 싸울 때면 언제나 뒤통수 맞고 패하여 도망치는 것으로 마무리되었으며 만화의 연속 방영을 위해 적군인 승냥이를 죽이지는 않았다.

이러한 만화를 보며 자란 우리는 가상의 전투 놀이를 할 때도 그 영향으로 인해 용감하고 영리한 정찰병이 되어 나라를 지키겠다며 미제 승냥이를 물리치는 놀이를 했다. 만화의 사상교육 효과는 상상 그 이상이었다. 만화를 재미있게 본 후 집으로 돌아갈 때면 꼭 신발 한 짝씩을 잘못 신고 가는 아이들이 있었는데 서로 잘못 신고 간 신발 때문에 나 역시 짝짝이 신발을 신고 올 때가 많았다. 그래도 같은 동네 사는 아이들이다 보니 신발은 다음날 바로 각자 주인을 찾을 수 있었다.

어린 시절의 나는 만화 보는 시간 말고도 사계절을 만끽하면서 재밌게 보냈다. 봄과 가을에는 산이 가까워 친구들과 동네 산에 꽃을 꺾으러 놀러 다녔고 마을 공터에서 줄넘기와 공기놀이를 하느라 엄마가 나를 부를 때까지 절대 먼저 집으로 돌아간 적이 없었다.

그리고 여름에는 집 근처 봉천강에 한번 놀러 가면 달빛이 나올 때까지 계속해서 물놀이를 했고, 바위 위에 올라가 다이빙을 질리도록 하곤 했다. 그때 높은 곳에 올라 뛰어내리기 전 긴장감과 다이빙을 하여 물에 들어갈 때 피부에 느껴지는 그 느낌은 너무 짜릿하고 시원했다. 겨울에는 아빠가 만들어준 나무 썰매를 타는 게 제일 좋았고 신났다. 동생과 나는 한번 썰매를 타면 그날 갖고 나간 썰매가 다 부서져야 집으로 돌아왔었는데 8~9살 때 동생과 내가 한해 겨울 동안에 부숴 버린 썰매만 5개 정도가 되었던 것 같다. 그렇게 늦게까지 놀다가 다 부서진 썰매를 들고 돌아오면 엄마에게 어김없이 한바탕 혼이

났지만 그래도 행복했었다.

그 시절 아이들이 기다리면서 행복해하는 순간은 또 있었다. 어린 아이들에게 인기 만점이었던 최고의 선물, 김일성과 김정일 생일날 받았던 선물 봉지였다. 그날이면 우리는 유치원과 학교 혹은 가정에서 선물 봉지를 받을 수 있었다. 다자녀 가구일수록 선물 봉지는 더 많았고 그 안에는 알록달록한 사탕들과 다양한 모양의 과자, 그리고 젤리와 엿도 들어 있었다.

선물 봉지 속에 들어 있는 것을 먹기 위해서는 집에 걸려 있는 김일성과 김정일의 초상화 앞에 서서 인사를 해야 했다. 선물을 받으면서 감사의 인사를 했고 또 집으로 돌아와서는 먹기 위해 감사하다고 인사를 해야 했다.

"김일성 원수님 고맙습니다."

"김정일 장군님 고맙습니다."

이 문장을 입력하는데 기분이 안 좋은 이유는 뭘까? 그때는 몰랐지만, 지금은 생각하고 싶지 않은 문구이다. 우리 부모님들도 우리처럼 어렸을 때부터 세뇌 교육을 받고 자란 분들이었고 그 세뇌 교육은 대를 이어가며 계속되었다.

두 부자의 생일엔 어린이들에게 주는 선물 외에 각 가정마다 배급되는 선물도 있었다. 상점에서는 그날이면 고기와 콩기름도 주고 갖가지 먹거리와 생필품을 주었다. 그날 받는 생필품들은 기존의 것보다 품질이 좀 더 좋았고 넉넉하게 주었으며 배급소에서 배급해 주는 식량도 잡곡(옥수수)이 아닌 백미였다. 그날만큼은 주민들에게 흰 쌀밥에 고기를 먹을 수 있게 해 주었다. 엄마는 그날이면 상점과 배급소에서 받아 온 것들로 우리에게 맛있는 음식을 해 주었다.

김일성, 김정일 부자의 생일은 북한에서 그 어떤 날보다도 큰 명절이었으니 대부분의 북한 주민들은 그날을 손꼽아 기다렸다. 그들을 칭송하고 감사하며 살아가는 것이 세상에 전부인 줄 알았고 그들이 시키는 대로 살아가면 큰 근심 걱정 없이 그럭저럭 살 수 있었던 세상이었다. 그때 우리는 북한 밖 세상이 얼마나 넓고 어떻게 돌아가는지 또 어떻게 사는 것이 행복이고 잘 사는 것인지 몰랐다. 그리고 인권이라는 것은 무엇이며 자유란 무엇인지 아무것도 모른 채 무지한 인간으로 하루하루 살아가고 있었다.

그런 갇힌 공간에서도 교육에 대한 열기는 북한 부모들도 마찬가지였다. 모든 것이 원천 봉쇄된 곳에서 과연 어떻게 아이들을 잘 교육시킬 수 있을까? 라고 생각할 수도 있을 것이다. 그러나 그곳 부모들도 한국의 부모들과 마찬가지로 내 아이가 1등 하는 것을 원했다. 자신들의 자녀가 무엇이든 최고로 잘하기를 바라는 것은 남쪽이나 북쪽이나 다 같은 부모의 마음인 것 같다. 우리 엄마도 교육에 대한 열정만큼은 대한민국의 강남 엄마들 못지않았다. 엄마는 아가씨일 때 북한에서 학교 영어 선생님으로 계시면서 많은 학생을 가르치셨던 분이라 우리 자녀들에게도 최고의 교육과 무엇이든 다 배우길 원하셨다.

특히 장녀인 나에게 거는 엄마의 기대는 매우 컸다. 그런 엄마의 교육열 덕분에 난 이것저것 안 해 본 것이 거의 없었다. 소년단에도 일찍 입단하였고 학교에서 받을 수 있는 교육은 전부 받았었다. 수영, 악기, 성악, 태권도, 체조, 서예 등등… 그리고 우리 집에서 그리 멀지 않은 곳에 있는 수재 학교까지 보내지기도 했지만, 결과는 좋지 않았다. 부모님께 내 머리가 좋지 않다는 것만 확실하게 보여 드렸다.

지금도 생각하면 웃음이 나온다. 그렇게 뭐든 가르치려 애쓰셨던 엄마 덕분에 완벽하게 잘하는 것은 없지만 아예 모른다는 말은 안 하고 사는 것 같다. 한 가지라도 꾸준하게 열심히 했더라면 얼마나 좋았을까? 그 시절 열성이었던 엄마에게 기쁨 드리는 일 한 가지도 못했던 것이 제일 마음에 걸리고 또 한편으론 미안한 마음이 든다.

이런 추억들도 1994년 이후 다시는 만들어지지 않았다. 1994년에 북한의 본격적인 식량난(고난의 행군)이 시작되면서 형편이 어려워진 탓에 친구들은 자신의 부모님과 함께 장사를 다니거나 혹은 집에서 살림살이를 도맡아 했었다. 그중에는 부모님이 교통사고로 돌아가셔서 먹고살기 위해 겨우 12살이었던 어린 나이에 장마당에서 세 명의 동생들을 데리고 장사를 한 친구도 있었다.

지금도 우리의 어린 시절을 짓밟아 버린 그때의 식량난을 생각하면 마음이 아프고 화가 난다. 추억도 많고 아픈 것도 많은 나의 어린 시절 고향 이야기. 짧은 어린 시절이었지만 그래도 행복한 기억들이 남아 있어 다행인 듯하다. 이 글을 쓰면서 어린 시절이 힘들긴 했지만,

불행한 날만 있었던 것은 아니었구나! 라는 생각을 하게 되었다.

나의 아이들은 어떤 추억을 만들며 자라날까? 나와 태어난 나라도 다르고 환경도 다른 두 아들에게 어떤 추억들이 어떻게 만들어질지 많이 궁금하다. 21세기에 태어난 아이들의 어린 시절은 아마도 많은 것이 다를 것이다. 흙먼지 뒤집어쓰고 자연에서 뛰어놀던 나의 어린 시절과 달리 우리 아이들은 컴퓨터, 스마트폰, 게임기 등과 더 친한 듯하여 가끔은 속상할 때도 있다. 자연과 친하게 지내면서 추억을 만들었으면 하는 내 바람과 달리 가고 있는 우리 아이들. 그래도 아직 어리니까 늦지 않았다고 생각한다. 자연과 함께 어울려 사는 방법과 더불어 인공지능과도 잘 어울려 살아가야 하는 우리 아이들에게 이제부터라도 좋은 추억을 어떻게 만들어 줄지 고민해 봐야겠다.

북한 아파트

-N·K-

"아파트에서 아궁이에 불을 땐다고?"

"굴뚝이 있는 아파트가 있다고? 그것도 여러 채가 한 아파트에 사는데 굴뚝이 하나라고?"

"와~ 신기하다. 어떻게 아파트에 구들장이 있고 아궁이에 불을 땔수가 있지?"

한국에서는 과거나 지금이나 구들장이 있고 아궁이에 불을 때는 아파트는 절대 볼 수 없을 것이다. 내가 살던 그때만 해도 북한의 거의모든 아파트 구조가 그러했다. 기름이 부족한 나라였고 또 전기도 부족한 나라에서 유일한 난방 방법이 구들장이었던 것 같다. 물론 21세기인 지금은 이해할 수 없는 구조로 그것이 얼마나 시대적으로 많이뒤떨어져 사는지 보여 주는 사례일 뿐이지만 내가 살고 있던 시기 북한에서는 최고의 난방시설이었고 북한 주민들이 살아가는 문화 방식이기도 했다.

내가 어릴 때 우리 가족은 그 당시 배구 코치를 하던 아빠 덕분에 아파트에서 살았다. 그 아파트는 5층짜리 아파트로 우리는 3층에 살았고 욕조와 화장실, 베란다도 있는 집이었다. 북한의 아파트는 빠른 시간 내에 속도전으로 짓다 보니 부실공사가 매우 많았고 우리가 살던 집도 그중에 하나였다. 건물은 철근이 거의 들어가지 않아 건물 벽과 천장이 여기저기 갈라졌고 매우 위험천만하게 하루하루를 살았지만, 안전에 대한 무지함 탓일까? 그 당시에는 그것이 위험한지도 모르고 살았다.

아파트에 대해 이야기를 하자면 1층부터 5층까지 굴뚝이 하나였는데 굴뚝의 단점은 어느 한 곳이 막히면 다른 집들의 굴뚝도 함께 막혀 버렸기에 집 내부로 연기가 가득 차는 날이 많았다. 그래서 우리 집에는 막힌 굴뚝을 뚫어 주기 위한 긴 갈고리 형태의 도구가 항상 준비되어 있었다. 전력도 부족하여 전기풍구로 쓰면 금방 붙을 수 있는 아궁이의 불도 부채나 입으로 직접 불어서 불을 붙이곤 했다. 전기만 그런 것이 아니라 물도 마찬가지였다. 어쩌다가 물 나오는 날마저도 2층까지만 나왔는데 전력이 부족한 탓에 3층까지 물을 끌어 올릴 수가 없었다. 그리하여 시멘트로 만들어진 욕조는 물을 받아놓는 용도로 쓰였고 물이 부족할 때마다 우리가 살던 아파트 바로 옆 봉천강에서 물을 길어와 욕조에 채우곤 했다. 그렇게 물을 길으러 다녀야 하는 상황이긴 했지만, 엄마와 함께 빨래도 하며 머리도 감았던 추억이 있는 곳이다. 비록 좋은 샴푸나 빨랫비누 같은 것은 없었지만 봉천강의 맑은 물 덕분에 나의 머릿결은 항상 부드러웠고 빨래도 깨끗하게 할 수 있었다.

아파트에 대한 또 다른 기억 중의 하나는 아파트에서 사는 사람들에게는 한 가구당 창고를 하나씩 주었던 기억이 난다. 그 창고에 보관할 수 있었던 것들은 나무와 석탄, 각종 도구와 우리가 즐겨 타던 나무 썰매, 그리고 나라에서 김장철에 배급해 주는 무와 배추 등이 있었으며 겨울철에는 그곳에 움(저장고)을 만들어 김치를 보관했다(북한에서 김장김치는 반년 양식이었기에 한 가구당 적게는 300kg에서 많게는 700kg 정도의 김장을 했다. 김치의 종류도 다양했고 그중에서 명태나 임연수어를 넣고 만든 깍두기의 맛은 정말 최고였다. 그 맛은 21세기의 김치냉장고도 흉내 낼 수 없는 맛이었다).

또한, 땔감은 나라에서 보급해 주었기에 그때까지는 직접 나무를 하러 다니지 않았다. 땔감이 부족하면 늘 아빠가 공장에서 받아오셨고 풍족한 것은 아니었지만 배급받은 석탄과 나무로도 충분히 겨울을 지낼 수 있었다. 김일성이 살아 있던 시기에는 살아가는 데 불편함은 있었지만 그래도 굶어 죽을 정도로 힘들지는 않았었다.

우리 부모님은 그렇게 아궁이 달린 아파트에서 아침이면 일찍 일어나 우리에게 따뜻한 밥을 해 주었고, 저녁이면 따뜻하게 잠을 잘 수 있게 해 주었다. 부족하고 불편한 것은 많았지만 그 가운데에서도 언제나 가진 것에 만족하면서 또 매 순간을 성실히 살아왔다. 그런 성실한 부모님 덕분에 우리 세 자매가 건강하게 성장할 수 있었던 것은 아닐까?

북한 아파트에 대한 글을 쓰면서 이런 생각을 해 보았다. 가스레인지에 음식을 하고 세탁기에 빨래를 돌리며 청소기가 청소를 해 주는 21세기에 사는 나는 부모님 세대처럼 살라고 하면 과연 그렇게 살 수 있을까? 아침에 일어나 남편과 아이들을 위해 밥상을 차리고 집 안을 청소하고 빨래하는 이런 것이 늘 일상이라고 투덜대던 나 자신이 부끄러워졌다. 그리고 언젠가 엄마가 나에게 말한 것이 생각났다.

"배불리 잘 먹고 잘살려고 여기 한국까지 왔고 이제 잘 먹고 잘살고 있지 않니! 그러니 불평하지 말고 가진 것에 만족하며 행복하고 건강하게 살면 되는 거야!"

오늘도 나는 엄마의 이 말을 되새기며 생활하고 있다.

항상 준비!

-N·K-

학교라고 하면 제일 먼저 떠오르는 것은 무엇일까? 누구라도 그렇 듯 대부분은 아마도 선생님과 친구들이 아닐까? 그런데 나는 학교라 고 하면 '붉은 넥타이'와 '항상 준비!'라는 단어가 제일 먼저 떠오른다. 붉은 넥타이를 하고 좋아하면서 씩씩하게 '항상 준비!'라는 구호를 외 치던 그때의 모습이 아직도 생생하게 기억으로 남아 있다.

이제는 북한에서의 추억들도 조금씩 잊히고 있다. 그런데도 그곳 학교에서 받은 교육들은 왜 이렇게 기억에 남는 것일까? 아직도 잊히 지 않는 네 단어 '항상 준비!' 이 단어를 외쳐 보지 않은 북한 주민들은 아마 없을 것이다. 이 단어가 의미하는 것은 북한 최고의 권력층인 조 선 노동당원이 되기 위해 항상 준비하자는 뜻이다. 북한에서 조선 노 동당원이 되기 위한 시초가 소년단원이라고 해도 과언이 아니다.

인민학교(한국의 초등학교)에 처음 입학하는 연령과 시기는 한국과 비슷하다. 내가 어린 시절을 보낸 봉천동 인민학교에는 학생 수가 많아서 본교와 분교가 있었고 2학년이 되는 해 봄에 나는 처음으로 소년단에 입단하였다. 소년단에 처음 입단한 학생들은 입단 선서를 낭독하고 붉은 삼각 넥타이를 하고 소년단 휘장을 가슴에 달았으며 김일성과 김정일의 초상화 앞에 서서 '항상 준비!'라고 외쳤다. 그 시절에는 소년단에 제일 빨리 입단하는 것과 빠른 계급장을 다는 것이 부모들의 자랑이었고 집안의 경사였다. 나도 엄마의 열성으로 인해 김정일의 탄생일인 2월 16일에 빠른 입단을 하였다.

북한학교의 저학년 때 교과 과목은 국어, 수학, 도덕, 미술, 음악, 체육이고 고학년으로 올라가면서 추가되는 과목이 있는데 그것은 한자, 지리, 기하(기하학), 영어, 로어(러시아어)였다. 그러나 여기에 나열된 과목보다도 더 중요한 과목이 있었으니 그 과목은 바로 김일성과 김정일의 혁명역사 교육이었다.

이 과목은 저학년이든 고학년이든 필수 과목으로 무조건 외워야 하는 암기과목이었고 학교를 졸업하여 사회에 나가도 계속해서 공부해야 하는 평생 과목이기도 했다. 김일성과 김정일의 혁명역사 과목은 그냥 암기로만 끝나는 것이 아니라 암기한 것으로 공연도 만들었고 그들의 업적을 얼마나 잘 표현하느냐에 따라서 학업 점수도 달라지곤 했다.

그리고 학교에서는 아이들에게 철저한 사상교육과 감시를 위한 목적으로 모든 학년 반마다 학생들끼리 서로 관리 감독할 수 있도록 그룹을 만들었다. 그리고 그룹 안에서 서로 감시할 수 있도록 계급도 부여하였다. 계급에 따라 계급장을 오른팔에 달고 다녀야 했으며 그들을 소년단 간부라고 불렀다. 학창시절에는 나도 계급장을 달고 다녔었는데 그 이유는 3학년 때에는 소년 반장을, 4학년 때에는 사상부위원장을 했었기 때문이다.

학년별로는 각 반에 학생 수가 30명 정도 되었는데 그 안에 5명씩 소그룹을 만들었고 소그룹 책임자의 명칭은 소년 반장이었다. 전체 학급을 관리하는 학생은 학급 반장이었고 매일 아침 사상교육과 교실 벽보, 김일성과 김정일의 초상화를 관리하는 학생은 사상부위원장이었으며 학습과 학급 소년 간부들을 관리하는 학생은 분단위원장이었다. 분단위원장은 학급 내에서 제일 높은 계급이었고 공부도 잘하는 학생이어야 했으며 출신 성분과 집안의 재력도 좋아야 했다.

그 외에도 소년단 간부는 체육 담당, 기수(행진할 때 깃발 들고 앞에 서는 학생)와 소년단에서 활동하는 아이가 반마다 한 명씩 있었는데 그 학생은 소년단위원이었다. 그 학생은 반에서 일어나는 모든 일을 기록했다가 선생님이 아닌 소년단위원장(학생)에게 보고했고 소년단위원장은 학교 청소년위원장에게 보고했다. 청소년위원장은 학생이 아닌 어른이었고 그를 지도원선생님이라고 부르기도 했다. 소년단 위원들이 하는 일은 거의 복장을 검사하고 문제 될 만한 것들을 보고하고 감시하는 일이다 보니 그 학생들을 좋아하는 학생들은 거의 없었다. 계급은 높았지만, 왕따 아닌 왕따를 당하기도 했다. 그리고 우리는 매일 오후가 되면 교실에서 선생님과 함께 생활총화라는 것도 하였다. 같은 반 친구에게 무엇을 잘못했는지 지적하며 서로를 비판하는 생활총화였는데 그 어린 나이에 상호 존중보다는 상대방에 대한 지적과 비판을 먼저 배웠고 자존감을 죽이는 자아비판은 덤이었다. 심지어 선생님은 자아비판을 잘하는 학생에게 반성을 잘한다며 칭찬을 해 주었다. 자존감과 자아, 긍정은 무엇이고 상호 존중이 무엇인지 우리는 배운 적도, 생각해 본 적도 없는 것 같다.

오랜 세월 동안 남을 비판하고 지적하던 생활총화의 대화 습관 때문에 북한 사람들은 말투도 거칠고 부드럽지 못한 건 아닐까?라는 생각을 한다. 상대방을 비판하고 지적할 때 부드럽고 좋은 말이 나올까? 그런 교육이 잘못된 것인 줄도 모르고 어렸을 때부터 우리는 잘못된 세뇌 교육을 받았다.

이런 내용을 써 내려가면서 북한의 인권이 얼마나 열악하고 북한 주민들의 인권을 짓밟고 있는지 다시 한번 생각하게 되었다.

그 시절 학교에 가져다 내야 하는 것도 참 많았다. 없는 살림에 뭘 그리 많이 내라는 건지… 구리, 토끼 가죽, 철 이런 것은 매년 반복되었고 거의 매달 개인별 할당량이 나와 그것들을 꼭 채워야 했었다. 토끼 가죽은 북한 군인들 겨울 의복 제작에 활용되었기에 매달 내야 하는 할당량을 채우기 위해 집마다 토끼를 키웠다. 그리고 구리, 파고철(고철), 알루미늄 같은 금속류의 것들은 학교로 많이 가져가면 계급장을 달거나 성적을 크게 향상해 주는 등의 큰 혜택이 있었다. 그때는 어려서 그런 것들이 왜 필요한지 알지 못했으나 한국에 살면서 북한이 전쟁을 위한 준비로 물자나 무기를 만드는 것에 필요한 것들이었다는 것을 늦게나마 알게 되었다.

12월 24일은 전 세계적으로 예수님 탄생을 기념하는 행사가 있는 날이지만 북한에서는 김일성의 부인 김정숙이 태어난 날로 학생들이 김부자의 혁명역사 공부를 얼마나 잘했는지 점검받는 날이기도 했고 더불어 그들을 칭송하는 날이기도 했다. 그날이면 학교에서는 대대적으로 행사를 했고 우리가 준비한 모든 공연을 부모님들이 관람하였다. 그런 교육과정을 통해 우리는 어릴 때부터 가정과 학교에서 김일성과 김정일을 칭송하는 세뇌 교육을 받고 자랐다.

지금 생각하면 그 시절이 참 아주 한심스럽고 어리석은 행동들이었지만 나와 우리 부모님들이 살고 있던 북한에서는 그들을 최고라고 여기며 그들 김부자를 위해 살았던 세상이었다.

그런 통제와 억압된 곳에서도 내가 잘했던 과목은 국어, 체육, 음악이었으며 제일 싫어했던 과목은 수학과 영어 시간이었다. 영어 선생님을 하셨던 엄마는 나에게 영어를 잘 가르쳐보려 했지만 나는 한 번도 제대로 배우려고 하지 않았다. 그때 열심히 배웠더라면 외래어 때문에 고생하는 일은 없었을 텐데… 이런 북한에서의 교육도 1994년의 식량난으로 인해 나는 중학교까지밖에 다니지 못했다.

어린 시절 내가 배운 것은 통제된 가운데 많은 거짓으로 가려져 있던 교육이었고 또 재능을 갖고 태어난다고 하더라고 그것은 김부자를 위한 것에만 쓰일 수 있는 곳이었다. 노래를 잘해도 김부자를 위한 노래만 해야 했고 무용을 잘해도, 글을 잘 써도, 그림을 잘 그려도 그 어떤 것이든지 오로지 김부자를 위해서만 할 수 있던 나라였다. 교육을 받기는 하지만 자유롭지 못한 환경과 제한적인 교육여건으로 인해 거의 많은 북한 주민들은 오로지 북한 체제를 찬양하고 복종하는 삶을 살아왔다.

요즘 TV에서 평양을 위주로 하는 방송과 최고의 교육을 받은 엘리트들이라고 소개되는 사람들을 보면서 더욱 그런 생각을 하게 된다. '한국이 아닌 북한에 있었다면 그들이 가진 재능이 과연 그들만의 재능으로 온전히 남을 수 있었을까?' 지금도 북한에는 다재다능한 인재들이 많다. 그러나 그들은 아직도 자신들의 재능을 자유롭게 펼치지 못하고 있다. 평화의 시대로 가고 있는 지금 그 시대에 맞게 북한 주민들도 하루빨리 평화롭고 자유롭게 사는 날이 왔으면 하는 바람이다.

나도 이제부터 제대로 된 교육 환경에서 다시 공부하려고 한다. 무엇보다 아이들을 가르칠 수 있는 엄마가 되어야 하는데 완전히 다른 환경에서 교육받고 자란 내가 가르치는 것에는 어려움이 있다. 가끔 이해하기 힘든 한국의 교육 방식과 남편에게도 시원하게 말 못 하는 나의 고충은 계속해서 헤쳐나가야 할 문제들인 것 같다. 그래서 배워야 한다! 항상 부족한 엄마이니까. 대학에도 꼭 가고 싶고 한국에서 배운 아주 작은 재능으로 누군가에게 도움이 되는 사람이 되고 싶다. 그러려면 열심히 공부해야겠지? 그래 공부하자!

송기떡

-*N·K*-

"엄마. 송기떡이 왜 이렇게 질김까?"

"질겨서 못 먹겠슴다… 맛 없슴다."

"일 없다. 꼭꼭 씹어 먹어라. 송기떡은 몸에 좋은 거다."

여기 한국에선 건강식으로 먹는 송기떡을 나는 북한에서 최악의 식량난일 때 먹을 것이 없어 배고픔에 시달리다 송기떡을 먹게 되었다. 1994년 고난의 행군이 시작된 그해. 김일성이 사망한 후 북한은 주민들에게 배급을 제대로 공급하지 못할 정도로 식량난에 허덕이는 상황이 되어버렸다. 그 어떤 예고와 대책도 없이 시작한 고난의 행군…

아무런 준비 없이 들이닥친 식량난에 수많은 사람이 굶어 죽었고 어린아이들은 꽃제비가 되었으며, 배고픔을 달래기 위해 구걸과 심지어 남의 것을 도둑질하기 시작했다. 우리가 그렇게 살아야만 했던 것이 핵무기를 만들려고 고난의 행군이라는 명분으로 주민들을 굶어 죽게 만들었다는 것에 화가 나고 분통할 뿐이다. 지금도 크게 달라진 것은 없지만 그 당시 정말 북한의 모든 주민이 굶어 봤다고 해도 과언이 아닐 것이다.

송기떡… 지금도 그때의 송기떡 맛이 잊히지 않는다. 입안에서 꼭꼭 잘 씹어 어떻게든 넘기려고 해 봐도 너무 질긴 탓에 목구멍에서 잘 넘어가지 않던 송기떡. 기본 욕구인 배고픔을 달래기 위해 먹고 나면 소화가 안 되어 탈 나기 일쑤였다. 집에 식량이 떨어지고 더 먹을 것이 없었던 사람들은 산에서 나물을 뜯어오기도 했고 그것마저도 없을 때는 소나무 껍질을 벗겨 와서 그것으로 떡을 만들어 끼니를 때우기도 했다. 먹을 것이 없었던 우리 가족도 소나무 껍질에 아주 조금의 밀가루 혹은 옥수숫가루를 넣어 반죽을 해서 만들어 먹었다.

푸르고 변함없는 소나무를 아주 좋아했던 나는 어린 마음에도 그것을 쉽게 먹을 수가 없었다. 진한 송진 냄새에 색깔은 짙은 갈색이었던 떡! 하지만 배가 고프니 어떻게든 먹어야 했다. 하루 세끼 중에 한 끼도 제대로 된 밥을 먹을 수 없었던 그때는 송기떡이라도 먹을 수 있으면 다행이었다.

식량난이 심해져 배고픔에 시달리고 굶주렸던 시기 엄마는 먹을 것을 구해 오겠다며 얼마간 집을 떠나셨다. 집에 먹을 것이 없어 며칠을 굶은 탓에 일어날 힘조차 없어서 나와 동생은 차가운 방 안에서 누워만 지낸 적이 있었다. 그때 11살 되었던 동생이 천장을 쳐다보며 말했다.

"언니야. 물이라도 실컷 마시고 죽으면 좋겠다."

배고파서 굶어 죽는 고통은 아마 겪어 보지 않은 사람은 모를 것이다. 그냥 단숨에 죽는 게 아니고 신체의 모든 장기의 수분이 마르고 피부도 말라 온몸이 말라 죽어 가는 느낌… 그냥 죽지 못하고 서서히 빠짝 말라 죽어 가야 하는 느낌을 말로 표현해 봐야 얼마나 잘 전달이 될까? 그렇게 굶주림에 서서히 죽어 가던 순간 아직 죽을 운명은 아니었던지 아슬아슬하게 이웃집 아주머니에게 발견되었고 그 아주머니 도움으로 동생과 나는 귀한 음식을 먹고 죽음의 문턱에서 겨우 살아났었다.

그때 엄마도 우리 가족을 위해 식량을 구하러 다니는 동안 하루 세 끼 꼬박 굶으며 다녔다고 했다. 다행히 엄마는 무사히 식량을 구해 집으로 돌아왔지만 다른 집의 부모들은 식량 구하러 나갔다가 돌아오지 못한 경우도 있어서 고아가 된 아이들도 많았다. 아무런 힘이 없는 어린아이들이 할 수 있는 것이라고는 아무것도 모른 채 부모를 기다리다 굶어 죽거나 꽃제비가 되어 구걸하며 살아가는 방법뿐이었다.

고난의 행군 시기 정말 나에게 힘들었던 1단계가 바로 송기떡 시기였던 것 같다. 한국에서 몇몇 이웃들에게 소나무 껍질로 만든 떡 그거 정말 먹어 봤냐? 실화냐?라는 질문을 받은 적이 있었다. 그 시절 먹어 볼 수밖에 없었고 그래서 사실이라고 답했다.

배고픔을 버티던 중 도저히 견딜 수 없어 외할머니댁으로 들어가 살았던 시기가 2단계 강냉떡이었던 것 같다. 그나마 중국과 인접한 곳에 살던 외할머니댁은 우리 집보다는 사정이 나았다. 하지만 우리 식구 4명(엄마와 세 자매)이 외할머니댁에 얹혀 살기 시작하면서 할머니댁 재정도 많이 힘들어졌다.

외할머니댁에 살면서 송기떡이 아닌 꼬장떡을 먹을 수 있었는데 꼬장떡이란 옥수수가루로 만든 떡이다. 꼬장떡은 가마솥 옆에 손으로 꾹꾹 눌러서 붙여 만든 것으로 맛이 좋았다. 찐빵을 만들 듯이 쪄 먹는 방법도 있었지만 꼬장떡의 구수한 맛은 언제나 손으로 꾹꾹 눌러 가마솥 안쪽에 붙여 만든 것이 제일 고소하고 쫄깃함도 있어 맛있었다. 외할머니 집에서 사는 동안은 그래도 먹을 걱정을 조금 덜 수 있었다.

외할머니는 생활력이 정말로 강하신 분으로 부지런하셨고 알뜰하셨으며 또, 정갈하셨다. 그런 할머니와 함께 생활하는 동안 할머니로부터 우리 세 자매도 많은 살림을 배웠다. 솥뚜껑 닦는 방법과 음식이 익었을 때 솥뚜껑 여는 방법, 물걸레로 바닥 닦는 방법도 어떻게 해야 깨끗하게 닦을 수 있는 건지 하나하나 배웠다. 그렇게 할머니 영향을 받아 자란 나는 결혼 생활 하는 동안에도 집안 살림살이의 대부분을 할머니에게서 배운 대로 하고 있다. 그래서인지 가끔은 고리타분하다는 말을 듣기도 하지만 할머니의 방식이 나에게는 익숙하고 정갈한 방법인 듯하다.

우리 가족이 할머니댁에 온 뒤로 처음에는 재정이 힘들었지만, 같이 생활하는 동안 할머니댁의 식량난은 그나마 조금씩 나아지게 되었다. 그때는 북한 전체에 온 것이 아니고 식량난으로 인해 어려워진 북한 사람들이 중국에 있는 친척들을 찾아 도움을 받으면서 식량난을 해결하고 있던 시기였다. 중국 도문에서 제일 가까운 지역에서 살던 우리 외가댁은 함경북도 제일 위쪽에 있는 온성군 남양구였는데 (지도에서 보면 북한의 제일 윗부분으로 함경북도에서도 제일 추운 곳으로 유명하다.) 북한 사람들은 중국에 있는 친척들의 도움을 받기 위해 그곳 남양으로 많이 몰려 왔다.

중국 친척을 만나러 온 사람들이 할머니 댁에 장기 투숙하면서 투숙비를 지급했고 친척을 만날 수 있게 연락을 해 주면 소정의 수수료도 받고 하면서 어려웠던 식량난을 해결하였다. 그로 인해 그 지역 사람들의 식량난은 조금 해결되었다. 그때 그곳에 생겨난 유행어가 하나 있었는데 북한과 중국을 오가는 세관 앞에서 중국 친척이 오기만을 목 빠져라 기다리는 사람들을 보고 '왜가리'라고 불렀다.

외할머니댁은 그나마 국경 지역에 산다는 이유로 살림이 조금은 나아졌고, 그때부터 할머니 댁에서 강냉떡과 옥수수밥이 아닌 밀가루 음식과 쌀밥도 가끔 먹게 되었다. 그중에 제일 기억에 남는 음식은 도토리빵이다. 몸에도 좋았지만, 맛도 최고였고 강냉떡보다 더 맛있는 도토리빵! 도토리빵은 도토리를 물에 불려 으깨어 밀가루와 함께 반죽하여 만든 빵이었다. 비싼 밀가루만으로 빵을 만들기엔 너무 사치였기에 도토리가루와 함께 1:2의 비율로 섞은 다음 반죽을 해서 만들었다. 산에서 할머니와 함께 주워 온 도토리와 중국에서 온 밀가루를 섞어 빵을 만들었는데 강냉떡과는 비교할 수 없이 훨씬 맛있었다. 딱딱한 강냉떡과 달리 부드럽고 촉촉한 그 맛! 할머니의 음식 솜씨로는 맛없는 것이 없었지만 그중에서도 도토리빵의 맛은 정말 잊을 수가 없다. 도토리빵이 생각날 때면 돌아가신 외할머니가 매우 그리운 순간이고, 이제 이것 또한 추억이 되었다.

배고픔으로 인해 많은 고생을 했던 나는 지금 먹을 것이 많은 대한민국에서 살고 있다. 먹고 싶은 것은 언제, 어디서든 먹을 수 있다. 오히려 먹을 것이 많고, 먹어 본 것이 많아서 더 먹고 싶은 음식이 별로 없을 정도이다. 여기저기 모든 것이 넘쳐 나는 지금에 살고 있지만 나는 모든 걸 다 갖추려고 하지 않는다. 그때와 비교하면 나에게 이미 많은 것들이 있는데 더 무엇을 바랄까? 대한민국 국민이 되어서 자유를 누리고 살고 있는데 그 이상 나에게 무엇이 더 필요할까? 나는 이 순간을 비롯해 매 순간이 소중하고 대한민국에서 사는 것에 만족하며 사랑하는 가족과 함께 살고 있다는 것에 감사한다.

눈뜬장님

-N·K-

2년 전 헬렌 켈러의『사흘만 볼 수 있다면』이라는 책으로 독서카페에서 알게 된 동생과 함께 이야기를 나눈 적이 있었다.

"소정아, 이 책이 왜 이렇게 쉽게 공감이 되지? 이 책 읽어 보니 어땠어?"

"언니. 그게 무슨 난해한 말이야? 헬렌 켈러의 이야기가 어떻게 쉽게 공감이 된다는 거야?! 그 사람은 듣지도 보지도 말도 못 하는 사람이었어. 그런 사람을 언니가 쉽게 공감한다니…"

독서카페 동생의 이런 말에 일언반구도 못 하고 나는 속으로만 생각했다.

'그러게… 나도 왜 이렇게 쉽게 공감이 되는지 몰라서 물어보는 거잖아…'

나는 독서를 좋아한다. 북한에서는 쉽게 접할 수 없었던 고전들과 에세이 등등… 독서를 좋아하는 덕에 한국에 와서 많은 책을 접하고 많은 감동과 희열을 느꼈다. 책을 읽어 보면 읽는 책마다 그 느낌은 항상 달랐다. 그런데 쉽게 공감이 되어서(말이 되지 않을 수도 있겠지만) 제대로 다 읽어 보지 않은 책을 손에서 빨리 놔 버리기는 이 책이 처음이었다.

들지도 보지도 못하고 심지어 말도 할 수 없는 그런 상황에서도 끝까지 삶을 포기하지 않고 멋진 인생 스토리를 만들었던 헬렌 켈러! 21세기의 사람들은 상상조차 하기 힘든 상황에서도 어려움을 잘 이겨 내는 헬렌 켈러의 이야기. 헬렌 켈러의 『사흘만 볼 수 있다면』이라는 책이 쉽게 공감이 된다니 나도 나에게 당황스러웠다. 나 스스로 왜 이렇게 쉽게 공감이 된 건지 그렇게 인기가 많고 대단하다고 하는 책이 왜 매력 없이 느껴졌는지 곰곰이 생각을 해 보았다. 그러다가 헬렌 켈러의 책을 다시 읽으면서 발견하게 되었다.

헬렌 켈러는 장애로 인해 모든 것을 감각에 의지하고 살았다. 그녀처럼 나는 그런 장애의 상태는 아니지만 공감할 수 있었던 것은 북한에서 고난의 행군 시기를 겪는 동안 밤이 되면 그렇게 살아왔기 때문이었다. 그러나 전기도 부족함이 없고 무엇이든 풍성한 한국에서 살아온 내 나이 또래 친구들은 절대 이해할 수 없고 공감할 수도 없는 부분이기도 했다. 나 또한 여기 한국에 정착한 후로 전력이 끊긴다는 것에 대한 생각을 한 번도 해 본 적이 없을 정도로 지금은 전기가 들어오는 것이 당연하다고 생각하며 살아가고 있으니까!

헬렌 켈러는 정말로 앞이 안 보여서 감각과 느낌을 이용하여 살았지만, 북한에서 살 때 나는 아니었다. 눈뜬 장님이라는 속담은 이럴 때 쓰는 말은 아니지만, 이 속담에 비유하고 싶었다. 밤이 되면 불빛 하나 없는 곳에서 눈 뜨고도 보이지 않아 감각을 이용해야 할 때가 많았던 북한에서의 생활! 고난의 행군이 시작되면서 식량난만 생긴 것이 아니라 전기도 마찬가지였다.

김일성이 있을 때도 정전은 가끔 있었지만, 고난의 행군 시기만큼 심하지는 않다. 그때는 전기를 거의 공급을 해 주지 않았던 것 같다. 그러다 보니 낮에는 해님에 의지하면서 살았고 밤에는 등잔불이나 촛불, 혹은 달님에 의지하여 살았다. 그러나 이것마저도 허락되지 않는 불편한 상황도 많았다. 달님도 촛불도 없는 날이면 화장실 한 번 가려고 해도 손으로 벽을 더듬고 감각에 의존해서 가야 했었다. 더구나 집 밖에 있는 재래식 화장실을 사용했던 북한에서는 화장실 한 번 가기가 너무 무서웠다. 자주 가는 길은 보지 않고도 갈 수 있을 정도로 익숙해져야만 편했다.

눈을 뜨고도 어둠을 헤매는 날이 많았으니 헬렌 켈러의 그런 말과 행동이 공감이 안 될 수가 없었던 것 같다. 밤이 되면 그렇게 항상 어둠에서 생활하다 보니 어두운 곳에 익숙해져야만 했고 무엇이든 정리 정돈을 잘해야만 언제든 필요한 물건을 잘 찾을 수 있었다. 모든 물건은 항상 가족들과 약속한 제 위치에 있어야 했다. 그런 버릇이 몸에 배다 보니 가정주부로 사는 지금도 모든 것이 제자리에 있어야 안심이 된다. 보지 않고도 언제든 찾을 수 있는 유일한 방법은 늘 그 자리에 두는 것이었다.

　정말로 헬렌 켈러처럼 그렇게 모든 감각을 잃고 살아갈 수 있을지는 모르겠다. 하지만 헬렌 켈러가 느꼈던 감정과 답답함, 그리고 감각에 대해 다른 사람들과는 다르게 자라온 환경으로 인해서 조금은 쉽게 이해가 되고 공감이 된 것 같다. 그때는 북한의 전력난이 심하여 눈뜬장님 같이 살았지만 여기 대한민국에서는 24시간 밝은 곳에서 살고 있으니 얼마나 행복한가! 이제는 내가 원하는 곳 어디에서든 좋은 것들과 아름다운 것들을 많이 보면서 감사하게 살고 있다.

　북한 주민들은 지금도 전력난에 허덕이며 어둠에서 헤매며 살고 있다. 전력난으로 인해서 기차는 시속 45킬로로 달리고 그것마저도 달리던 도중에 아무 곳에서나 멈춰 며칠을 기차 안에서 기다려야 한다. 아직도 그런 현실에 살고 있는 북한 주민들이 안타까울 뿐이다. 같은 하늘 아래 살면서 너무 다른 환경에서 살고 있는 북한 주민들! 하루빨리 그들도 내가 누리고 있는 자유와 행복을 누리면서 살았으면 하는 바람이다.

잃어버린 3,000원

-N·K-

　고난의 행군이 시작되어 식량난에 허덕일 때 엄마는 홀로 장사를 하면서 우리 세 자매를 키우셨다. 어느 나라에서든 여자 혼자의 몸으로 아이 셋을 키운다는 것은 정말 힘든 일이고 복지정책이 없는 북한에서는 더욱더 힘든 일이었다. 아빠가 일찍 돌아가신 탓에 엄마는 우리 셋을 굶기지 않으려고 악착같이 장사를 하면서 돈을 벌었고 고생도 많이 하셨다. 교통이 원활하지 않은 북한에서 무거운 짐을 지고 산을 넘어 몇십 리씩 걸어 다니는 것은 일상이었다.

　우리 가족은 중국 국경과 가까운 곳인 외할머니댁에서 거주하면서 외할머니의 도움을 많이 받았고 그곳에서 엄마는 중국인들이 입던 옷가지나 생필품 같은 것들을 시골 동네로 가져가 파는 장사를 했었다. 물건을 천으로 만든 아주 큰 배낭 속에 넣어 짊어지고 동네를 돌아 다니면서 팔러 다녔다.

시골에서 물건을 팔다 보니 현금으로 받는 경우는 거의 없었고 식량으로 받는 식의 물물교환을 했다. 옷 한 벌에 옥수수 5kg을 받는 식으로 물건을 팔았고 받은 식량은 다시 장마당에 내다 팔아서 현금화하였다. 엄마는 원금을 빼고 남은 수익금으로 우리가 먹을 식량과 생필품을 구하였다. 엄마는 그렇게 악착같이 힘들게 돈을 모아 북한 돈 3,000원을 마련하였다.

북한 돈 3,000원은 당시 우리 집의 전 재산으로 엄마의 장사 밑천이었다. 그 돈으로 중국 중고 물건들을 사서 다시 시골로 가 식량으로 바꾸고 그렇게 바꿔 온 식량은 장마당에 내다 팔며 장사를 계속할 수 있었다. 그 돈은 우리 집의 모든 것이 걸려 있는 중요한 재산이었다 (지금은 북한에서 화폐개혁도 했었기에 3,000원은 돈의 가치가 없다고 들었다. 하지만 북한에 식량난이 심해 고난의 행군이라고 불렸던 그때는 3,000원은 집 한 채 값으로 아주 많은 돈이었다).

학교를 그만두고 집에서 동생을 돌보던 나는 외할머니댁에서 살면서 엄마와 함께 장사를 다니기 시작했다. 어린 나이에 할 수 있는 것이라고는 엄마의 등에 짊어진 짐을 함께 나눠 지는 것뿐이었다. 무거운 옥수수 몇십 킬로에서 많게는 몇백 킬로까지 엄마 혼자 감당하기 힘들 때도 많았다. 그래서 맏이인 내가 조금이라도 도움이 되기 위해 엄마와 함께 장사를 다녔다. 엄마와 함께 장사 다닌 시간이 길어지면서 어깨너머 배운 경험으로 물건을 사고파는 방법과 흥정하는 법을 알게 되었고 가끔은 나에게 혼자 할 수 있는 조그마한 장삿거리도 맡겼는데 그때마다 큰 문제 없이 잘해 냈다.

그러던 어느 날 약초를 팔아 마련한 식량을 큰 시내인 청진으로(당시 청진시는 함경북도에서 큰 중심지역으로 무역과 장사도 활발하게 이뤄졌다.) 가서 팔아야 하는 상황이 생겼다. 중요한 일은 항상 엄마와 함께 가곤 했었는데 하필이면 그때 갑작스럽게 집에 일이 생겨서 엄마가 장사하러 같이 갈 수 없는 상황이 되었고, 나 홀로 우리 집의 전 재산인 3,000원어치의 곡식을 팔러 가야 했다. 어쩔 수 없이 엄마는 장녀인 나에게 그 일을 맡기며 신신당부했다.

"북녀야! 꼭 실수 없이 잘하고 와야 한다. 그리고 돈은 꼭 양말 바지(스타킹) 안에 넣어서 허리에 차고 오는 거 잊지 말고. 잘할 수 있지?"

엄마는 처음으로 큰돈을 나에게 맡기셨고 나는 잘해 내고 싶었다. 그때 내 나이는 겨우 15살이었다. 장녀로서 일을 잘해 낼 기회가 생겨서 기뻤고 맡은 일을 하루빨리 완벽하게 처리하여 칭찬받고 싶었다.

"어머니. 걱정하지 마시오! 잘하고 오겠슴다! 어머니가 시킨 대로 할테니 걱정하지 마시오."

엄마에게 안심이 되는 말을 하고 나서 함께 가기로 한 어른 일행들과 출발하였다. 엄마는 차에 곡식을 싣고 떠나는 나를 보고 손을 흔들며 배웅했다.

나는 청진으로 가는 화물차에 3,000원 상당의 많은 곡식을 싣고 밤낮으로 달려 출발 하루 만에 도착하였다. 도착 후 바로 장마당으로 곡식을 가져가 전부 팔아 현금화하였다. 돈은 집으로 돌아갈 때 쓸 차비만 남겨놓고 누가 보기라도 할까 봐 바로 정리해서 양말 바지 속에 넣은 다음 허리에 묶었다. 나는 긴장하며 집으로 돌아갈 시간만 기다리면서 지인 집에서 하룻밤을 묵고 바로 다음 날 출발하였다.

식량난이 심하던 그때는 꽃제비도 많았지만, 특히 절도범들이 많았다. 절도범들의 수법이 얼마나 대단했는지 북한에서 그때 이런 말도 생겨났다. '하품하는 사이 이를 뽑아간다.'(빛의 속도로 훔쳐 가니 조심하라는 말) 그러다 보니 엄마와 내가 걱정한 것은 바로 절도범들이었다.

"북녀야. 잠들면 안 된다! 자더라도 꼭 돈을 잘 확인하고 알았지? 졸려도 조금만 참고 될수록이면 잠들지 마라!"

"어머니 걱정하지 마시오! 허리에 묶어서 옷으로 가리면 괜찮습다. 걱정 마시오! 잃어버리지 않겠습다."

그런 엄마의 걱정을 잘 알기에 나도 절도범 같이 생긴 사람들은 피해 다녔다. 장마당에서도, 음식을 먹는 곳에서도, 기차를 기다려야 하는 기차역에서도, 항상 긴장의 끈을 놓지 않고 이상하게 생각되는 사람들이 있으면 피해 다니면서 돈을 지켰다. 나는 계속 긴장한 상태로 집에 오는 화물열차에 몸을 실었다. 북한에는 전기로 달리는 열차가 있었지만, 전기 공급이 제대로 안 된 탓에 자주 연착되어 북한 주민들은 화물열차를 더 많이 타고 다녔다.

그나마 화물열차는 승객 열차보다 자주 운행이 되었고 화물차의 단점이라면 모든 역에 다 정차하지 않는다는 것이었다. 화물열차를 타고 장사를 떠날 때면 달리는 기차에서 뛰어내릴 때도 종종 있었는데 기차가 달리는 방향으로 뛰어내리면 다치지 않는다고 어른들이 가르쳐 주었다. 화물열차를 타고 장사를 오가던 시절 나는 거의 꽃제비 수준이었다. 화물열차에 싣고 다니는 물건들은 대부분 석탄이었던지라 얼굴에 석탄가루 범벅이 되었기 때문이다.

청진에서 남양을 향해 잘 달려오던 화물열차가 중간에 고장이 나서 무산이라는 역에서 하룻밤 머물게 되었다. 사람들은 언제 화물열차를 탈 수 있을지 몰라 역에서 잠자는 경우가 많았다. 나 역시 그날 어쩔 수 없이 화물열차를 갈아타야만 했기에 무산 역에서 하룻밤 묵어야 했다. 내가 허리춤에 지니고 있던 돈은 우리 집의 전 재산이었고 엄마가 처음으로 나에게 맡긴 중요한 일이었기에 긴장의 끈을 놓을 수가 없었다. 절도범들이 판을 치는 곳에서 언제 잃어버릴지 모르니 마음 편히 있을 수가 없었다. 그런데 잠을 제대로 못 잔 탓인지 자꾸 졸음이 밀려왔다. "안 돼! 자면 안 돼! 절대 안 돼!"

혼자서 중얼거리며 서성거리기도 했고 야식을 파는 시장에 나가 기웃거려 보기도 하고 어떻게든 잠을 깨려고 노력했다. 하지만 천근만근 무겁게 내려오는 눈꺼풀을 도저히 이겨낼 수가 없었다. 누가 그랬던가? 세상에서 제일 무거운 것이 눈꺼풀이라고. 그 무거운 눈꺼풀을 이기지 못하고 결국 나는 쪽잠이라도 자려고 자리를 찾아보았다.

어린 나의 두뇌로 생각해 낸 것은 어두운 곳에서 혼자 웅크리고 자면 꽃제비인 줄 알고 누구도 쳐다보지도 않을 것이고 잘 보이지도 않을 것이라는 거였다. 나는 불도 켜져 있지 않은 구석에 웅크리고 잠이 들었다. 어린 맘에 했던 정말 어리석고 단순한 생각이었다.

그렇게 얼마나 지났을까? 눈을 떠보니 나는 그 자리에 처음처럼 아무 일 없듯이 웅크리고 있었고 아무 일 없는 듯하여 안심하며 일어서는 순간 왠지 허리가 너무 가벼운 느낌이 들었다. '뭐지? 뭐지? 뭐지?' 허리를 만져 보고 배도 만져 보았지만, 아무것도 없었다. 그냥 허름한 내 옷가지들만 잡혔다. 나의 허리를 앞뒤로 몇 번을 만지고 또 만져 봤는지 모른다. 옷을 다 벗어서 털어 보기까지 했다. 물론 돈은 없었다. 우리 집 전 재산을 절도범이 잠자고 있는 나에게서 훔쳐 간 것이다(스타킹에 넣어 허리에 감고 몇 번이고 묶었는데 어떻게 풀고 가져간 것인지 지금도 모르겠다). 너무 놀란 나는 얼굴이 사색이 되어 역에 있는 사람들에게 울면서 물어보았다.

"저 혹시 제 돈 못 봤습까? 저 돈 잃어 버렸습다."

"저 좀 도와주시오. 그 돈 없으면 집에 못 감다."

"제발 도와 주시오!"

태어나서 그렇게 많이 울어 본 적은 처음이었다. 애처롭게 울면서 그곳을 얼마나 돌아다녔는지 사람들이 나를 달래며 위로해 주었다. 하지만 내 귀에는 어떤 위로의 말도 들리지 않았고 얼굴도 모르는 절도범을 무작정 찾아 나섰다. 역 앞에 있는 안전원(경찰)에게도 이야기했지만 아무런 소용이 없었다. 그 돈을 잃어버렸다는 말에 크게 실망하며 나에게 화를 낼 엄마의 얼굴이 제일 먼저 떠올랐고 그 상황을 어떻게 해야 할지 몰라 두렵고 무서웠다. 얼굴도 모르는 절도범을 이틀 동안 계속 찾아다녔지만 아무 소용 없는 일이었다… '어머니, 나 어떡함까? 나 돈 잃어 버렸슴다. 어떡해! 어머니 무섭슴다. 집에 돌아가려니 무섭슴다.' 마음속으로 이렇게 같은 말만 반복하면서 얼마나 거리를 헤매고 다녔는지 역에서 장사하는 분들이 나를 알고 있을 정도였다(그때의 무섭고 두려웠던 나의 심정을 지금까지 엄마에게 한 번도 말해본 적이 없다). 이틀 동안 굶었더니 더 걸어 다닐 힘도 없었고 지쳐버렸다. 이 글을 쓰고 있는 지금 그때 잃어버린 돈을 찾느라 울면서 여기저기 헤매던 내 모습이 떠오른다.

그때 잠깐. 혼나는 게 무서워 '집에 가지 말까?'라는 생각도 했었다. 하지만 아무것도 모른 채 나만 기다리고 있을 엄마를 생각하니 그러면 안 될 것 같았다. 가서 혼나든지 죽든지 살던지 어쨌든 나를 기다리는 엄마에게 돌아가야 했다. 그렇게 온몸이 만신창이가 되어 집으로 돌아온 나는 엄마에게 말했다.

"어머니, 돈… 다 잃어버렸슴다."

나의 말을 들은 엄마는 거의 기절하기 직전이었고 너무 속상하고 화가 난 나머지 나에게 온갖 모진 말을 퍼부었다. 나는 한마디의 대꾸도 할 수 없었고 울면서 화내고 있는 엄마의 얼굴을 쳐다보면서 같이 울기만 했다. 그날 엄마는 참 많이 우셨다. 새벽녘까지 잠도 못 자고 혼자 우셨다. 얼마나 속상하고 힘드셨을까? 우리 집의 전 재산을 그렇게 홀라당 다 잃어버렸는데 얼마나 참담했을까?

두 아이의 엄마가 된 지금에서야 나에게 모진 말들을 퍼부으며 울었던 엄마의 심정이 조금이나마 이해가 된다. 잃어버린 3,000원이 우리 가족의 운명을 완전히 다르게 바꿔놓게 될 거라고는 생각도 못 한 채 우리 가족은 힘든 시간을 보내고 있었다. 그러던 어느 날 엄마는 중대한 결심을 했다.

"북녀야. 네가 잃어버린 그 돈은 엄마 밑천이고 우리 집 전 재산이었는데 이제 그 돈이 없어서 살기 힘들어졌다. 그래서 엄마가 중국 가서 돈을 좀 벌어와야 우리가 살 수 있을 거 같다. 이제 우리를 도와 줄 사람도 없다. 어떻게 살아가니…"

이렇게 말하고 있는 엄마의 눈에서는 눈물이 하염없이 흘러내리고 있었다.

"엄마가 중국에 있는 친척들에게 도움도 받고 돈도 좀 벌어올 테니 너는 동생들을 잘 돌보고 있어라. 금방 올 거니까 할머니와 친척들에게도 말하지 말고. 먹을 식량은 엄마가 다 준비해 놓고 갈 거니까. 알았니?"

"알겠습다… 어머니…"

엄마는 그렇게 우리를 먹여 살리기 위해 중국에 건너가기 위한 준비를 시작했다. 몰래 건너가야만 했었기에 두만강을 지키고 있는 군인도 매수해야 했고 또 언제쯤 가면 좋을지 날짜도 정해야 했다. 철저한 준비가 끝나 엄마가 떠나야 하는 날이 왔다. 그때 막냇동생의 나이가 7살이었던 것 같다. 엄마가 먼 길을 떠나려는 것을 눈치라도 챈 듯 어디로 가는지도 모른 채 동생은 울기 시작했다. 울고 있는 동생을 보며 엄마가 말했다.

"야는 왜 우니! 엄마가 먼 곳에 가는 거 아는가 보다. 울지 마라! 엄마 청진에 가서 장사하고 올 거니까 언니 말 잘 듣고 있어라! 알았니?"

그동안 엄마가 장사를 떠날 때는 단 한번도 울지 않던 막냇동생이었는데 그때는 그치지 않고 계속 울었다. 우는 동생을 보며 엄마 또한 눈물을 흘렸다. 울고 있는 동생을 달래라고 하며 엄마는 우리에게 등을 보이며 길을 떠났다. 엄마가 먼저 떠난 그 길이 우리 가족 모두가 북한을 영원히 떠나게 될 길의 시작이 될 줄은 전혀 알지 못했다.

내가 잃어버린 3,000원은 그렇게 우리 가족에게 아픔과 고통을 주었고 또한 우리의 운명을 바꿔놓는 결정적 계기가 되었다.

"어머니… 빨리 오시오. 어머니 꼭 무사해야 한다!"

엄마가 떠난 첫날밤 우리 셋은 한 이불 속에 꼭 붙어 잠이 들었다. 엄마가 빨리 돌아오기를 바라면서…

두만강을 건너다

-*N·K*-

두만강을 건넌 지 올해로 벌써 19년이 되어가고 있다. 학교를 졸업하기도 전에 북한을 떠난 나에게 두만강은 잊을 수 없는 곳이다. 잔잔한 강물만 흐를 것 같은 두만강~ 두만강에는 수많은 북한 사람들의 사연이 담겨 있다. 그중에 나의 사연도 있지만 내가 두만강을 건너 온 사연은 다른 이들에 비하면 아무것도 아닐 정도로 훨씬 더 많은 아픔을 두만강에 남기고 온 이들도 많다.

빨리 돌아오겠다고 약속하고 떠났던 엄마는 중국에서 돈을 벌기 위해 일하다가 강도에게 칼을 맞고 의식불명 상태까지 이르렀다. 그런 사연이 있는 줄도 모르고 엄마를 원망하며 삼촌과 함께 엄마를 찾으러 무작정 중국으로 갔다. 그때 나는 엄마를 설득해서 다시 북한으로 함께 돌아가려고 했었다.

나는 중국에 있는 도문 친척 집에 도착하여 엄마에게 전화통화를 먼저 했다.

"어머니. 왜 아직도 안 돌아옴까? 여기서 살면 안 됨다. 김정일 원수님 배신하고 나라 배신하고 이러면 안 됨다!"

"야! 북녀야. 너는 엄마가 어떤 상태인지는 아니? 그리고 무슨 김정일이고 나발이고 다 굶어 죽게 생겼는데 아휴~ 웃긴다! 엄마한테 그딴 말하지 말고 중국에 당장 와라! 그리고 엄마는 죽을 뻔하다 살아났다. 아픈 몸이어서 북한에서 엄마 혼자 너희들 못 키운다."

엄마의 그런 말을 듣고도 계속해서 설득했다.

"어머니, 그동안 우리 잘 이겨 냈잖습까! 걱정하지 마시오! 북한으로 돌아갑시다! 안 가면 우리 죽슴다!"

"됐다. 엄마는 안 간다! 엄마랑 살고 싶으면 동생들 데리고 오고 오기 싫으면 거기서 김정일이랑 살아라! 쫄쫄 굶으면서 살아봐라! 너희들 안 오면 이제 우리 연 끊고 살자!"

엄마를 설득하여 북한으로 함께 돌아가려고 했던 나는 오히려 설득당하게 되었다. 엄마가 그렇게 모질게 말했던 이유는 나의 고집을 꺾기 위함이기도 했고 우리를 설득하기 위함이기도 했다. 엄마는 우리와 떨어져 있는 동안 우리 걱정으로 밥도 제대로 먹지 못하고 눈물로 세월을 보냈고 우리와 함께 살기 위해 큰 노력을 했다.

그때 중국에서 강도에게 맞은 칼자국의 상처가 엄마의 등에 그대로 남겨져 있다. 그 상처를 볼 때마다 사경을 헤매는 동안에도 오로지 우리 걱정만 했을 엄마를 생각하니 마음이 많이 아팠다. 몸이 많이 아팠던 엄마는 북한에서 혼자 우리 셋을 키우는 것은 힘든 일이라는 것을 알기에 중국에서 살기로 결심하게 되었다.

엄마의 설득으로 나와 둘째는 엄마와 함께 살기 위해 두만강을 건너 중국으로 가기로 했다. 그때 9살 되던 막냇동생이 있었지만, 강을 건너기에는 너무 어렸기에 조금 더 큰 둘째와 엄마에게 먼저 가기로 했다. 막냇동생을 북한 친척 집에 맡겨두고 떠나야 하는 나와 둘째 동생에게는 가슴 아픈 일이었다. 둘째 동생은 많이 울었다. 지금도 9살 막냇동생이 "언니들 어디 가?"라고 물어보던 어린 눈망울이 생각난다. 그렇게 물어보는 동생에게 나는 "엄마에게 갔다 올게. 청진에 있는 엄마에게 갔다 올게."라고 말한 것이 전부였다. 막내를 생각하면 눈물이 난다.

수많은 사연과 아픔을 안고 있는 두만강… 늘 고요하고 잔잔하기만 할 것 같은 강이 지금에 와서 생각해 보니 아픔과 슬픔, 두려움, 절실함과 희망의 강이 바로 두만강인 것 같다. 누군가에게 어린 나이에 무서웠을 텐데 어떻게 두만강을 건너왔냐는 질문을 받은 적이 있다. 북한에서 두만강을 건너온 사람이라면 다 알겠지만, 그냥 목숨을 내놓고 건너온다. 물론 내가 건너던 그 시기 두만강은 지금처럼 살벌하지는 않았다. 어느 정도 돈을 주면 길을 터 주던 때였다. 그때는 두만강을 건너 중국에서 붙잡혀 북송되면 어쩌지?라는 두려움이 더 컸다. 내가 북한에 있을 때 중국으로 건너갔다가 붙잡힌 사람들이 중국 도문 세관을 통해 굴비처럼 줄줄이 묶여 나오는 것을 봤기에 너무 무서웠다.

중국으로 건너가기 전 북한에서는 이미 군인에게 돈을 주었기에 잡힐 걱정은 없었지만, 중국에서 잡힌다면 그때는 정말 아무도 구해 줄 수 없는 상황이었다. 잡히면 무조건 북송이었기에 동생을 데리고 두만강을 건너야 하는 건 말 그대로 동생과 나의 목숨을 내놓고 건너는 것이었다. 우리를 기다리며 마음 졸이고 있을 엄마와 물을 너무 무서워하는 둘째 동생. 나에게는 무조건 동생과 함께 무사히 건너가서 엄마를 만나야 한다는 것과 어둡고 무서운 두만강을 잘 건너야 한다는 생각뿐이었다.

그때는 추운 겨울 12월의 마지막 주였던 것 같다. 두만강은 거의 다 얼어붙은 상태였기에 안전하게 잘 건너갈 수 있을 거라 생각하고 어두워진 저녁 시간에 나와 동생은 두만강을 건너 중국 쪽으로 향했다. 두만강 3분의 2정도까지는 무사히 잘 건너왔는데 꽁꽁 얼어붙은 줄 알았던 두만강이 중국 쪽에 가까워질수록 단단하게 얼지 않은 상태였다. 살얼음판 위를 동생과 내가 조심스럽게 걸어가고 있었는데 앞에 1m가 넘는 너비의 강이 얼지 않고 물이 흐르고 있었다. 얼지 않은 부분은 물살도 세고 깊기도 하였다. 중국 국경까지 거의 다 걸어간 상태에서 흐르는 강이 나올 거라곤 생각지도 못했다. 그러나 무조건 건너야 했고, 엄마에게 꼭 가야만 했다.

"언니. 강이 안 얼었어. 어떻게 건너가? 무서워."

물을 무서워하던 둘째 동생은 새파랗게 질려 떨리는 목소리로 내게 말했다. 나는 어떻게든 건너야 한다는 생각뿐이었고 그때 어떻게 그런 생각을 했는지 지금도 잘 모르겠다. 내가 먼저 그곳을 건너뛰어야 동생도 살릴 수 있다고 판단을 하여 얼어붙지 않은 부분을 먼저 건너뛰었다.

하지만 흐르는 강의 사이가 너무 넓은 탓에 뛰어넘기는 했지만 나는 물에 빠지고 말았다. 빠른 물살에 떠내려가던 중 주변에 잡을 수 있는 나무들이 보여 나무를 잽싸게 붙잡고 물 위로 올라왔다. 젖은 몸을 챙길 여유도 없이 바로 동생을 향해 말했다.

"언니가 너 물에 빠져도 꼭 건질 수 있으니 걱정하지 말고 뛰어! 물에 빠져도 괜찮아. 그러니 그냥 뛰어! 언니가 하나, 둘, 셋 하면 셋에 뛰는 거야. 알았지?"

물살도 너무 세고 어둡기까지 하여 물을 무척이나 무서워하는 동생에게는 두렵고 무섭기만 한순간이었다.

"언니 무서워…"

온몸을 떨며 동생은 계속 한자리에서 맴돌고 있었다.

"그래도 뛰어! 언니가 꼭 건져 준다니까. 뛰라고!"

그렇게 몇 분간의 설득과 망설임 끝에 동생이 용기를 냈다.

"알았어, 뛸게."

"자~ 하나, 둘…"

동생과 나는 함께 숫자를 세며 동생이 뛸 수 있게 힘을 모았다. 하지만 동생이 뛰려고 하는 순간 동생이 서 있던 자리의 얼음이 결국 깨지면서 빠져버렸고 동생은 물에 휩쓸려 한참을 떠내려갔다. 떠내려가는 동생을 붙잡으려고 뛰어가면서 필사적으로 동생의 손을 겨우 붙잡았고 구사일생으로 끝내 동생을 물에서 건져냈다. 추운 겨울 12월의 그 날, 물에 빠져 흠뻑 젖어버린 동생은 온몸을 사시나무 떨듯이 떨었고 나 또한 너무 추워서 견딜 수가 없었다. 그날 찬물에 오랫동안 빠져 있었던 탓에 동생은 발에 동상을 입었다. 지금도 그 순간을 생각하면 아찔하고 무섭다. 만약 그때 떠내려가는 동생을 제대로 잡지 못해 그대로 떠내려갔다면 어떻게 되었을지 상상만 해도 끔찍하다.

그렇게 우리는 위험천만한 고비를 넘기고 중국 땅에 발을 딛게 되었다. 물에 흠뻑 젖은 옷은 얼어서 걸을 때마다 얼음이 깨지는 소리가 요란하게 났었다. 중국에 있는 친척 집까지 걸어가야 하는데 온몸이 젖어 느끼는 추위보다는 얼어붙은 옷에서 나는 소리 때문에 붙잡힐지 모른다는 두려움이 더 컸다. 이미 삼촌과 한번 다녀갔던 곳이라 나는 길을 알고 있었기에 나와 동생은 얼어붙은 옷을 두 손으로 잡고 걸어가기 시작했다. 공안에 잡히면 안 되기에 숨죽이고 주변을 살피면서 친척 집으로 걸어갔다. 걸어가는 중에 한 번씩 공안 차가 사이렌 소리를 울리며 지나갈 때면 심장이 철렁철렁 내려앉았고 그럴 때마다 동생은 내 뒤에 더 바짝 따라붙었다.

꽁꽁 얼어붙을 추위와 두려움에도 무사히 친척 집까지 도착한 우리는 얼어붙은 몸도 녹이고 엄마에게 잘 도착했다고 무사하다며 전화를 걸었다.

"그래. 오느라 고생했다. 이제 너희들 데리러 갈 테니 거기서 조금만 기다려라."

우리가 찾아간 친척 집은 도문이었고 엄마가 살고 있던 곳은 선양에서도 조금 더 가야 하는 시골로 기차를 타고 꼬박 이틀을 가야 엄마의 얼굴을 볼 수 있었다. 다행히 이번에는 동생과 단둘이 가는 것이 아니라 우리와 동행할 친척분이 계서서 안심이 됐다. 빨리 엄마를 만나고 싶다는 생각에 기분이 들뜨기 시작했고 얼어붙었던 우리의 몸과 마음도 서서히 녹기 시작했다. 그때 한 번도 중국어를 배워본 적도 들어본 적도 없는 우리에게 엄마는 한 가지 단어를 전화기 너머로 알려주었다.

"야. 너희들 기차에서 올 때 혹시 누가 말 걸면 그냥 뿌즈도! 라고만 해라. 알았니?"

"어머니. 그게 무슨 말임까?"

"그냥 그 말만 해라. 아무 말도 하지 말고 그 말만 해라."

이것이 전화기 너머로 엄마가 우리의 안전을 위해 처음 가르쳐준 중국어였다. ('뿌즈도'라는 말은 '모른다'는 뜻이었다.)

친척분과 함께 열차를 타고 가고 있는데 맞은편에 앉아 있던 중국인 부부가 우리에게 사과를 건네면서 알아듣지 못하는 중국 말로 뭐라고 하는 것 같았다. 그때는 알아들을 수도 없었고 엄마가 전화기 너머로 알려준 '뿌즈도'라는 단어만 생각나서 우리 둘은 계속 그 단어만 말했다.

"뿌즈도!"

우리에게 사과를 주려던 부부는 서로 마주 보며 웃으면서 또 사과를 내밀었다.

"뿌즈도!"

우리가 할 수 있는 말은 오로지 그 단어 하나뿐이었고 그들이 하는 말을 하나도 알아듣지 못했다. 그때 잠시 밖으로 나갔던 친척분이 돌아와 우리에게 통역을 해 주었다. 사과 먹으라고 하는 거니 사과를 받고 고맙다고 "쎄쎄(고맙다)!"라고 하면 된다는 것이었다. 그 이야기를 듣고 나서야 우리는 웃으면서 사과를 받고 "쎄쎄"라며 말한 뒤 맛있게 먹었다. 우리의 안전을 걱정하며 엄마가 알려 준 단어가 이런 일화를 만들어 낼 줄이야!

지금도 그때 그 이야기를 하면서 우리는 웃는다.

"엄마는 왜 하필이면 '뿌즈도'를 가르쳐 줬어요? 차라리 '쎄쎄'를 가르쳐 주지."

"야~는. 나도 아는 게 그것밖에 없었다. 호호호"

아슬아슬하고 무서웠던 두만강을 건너 엄마를 만나기 전까지 붙잡힐까 두렵고 무서웠던 그 시간이 우리 가족에게 이렇게 인생의 스토리가 되었다. 이제 그곳 두만강에 더 이상 북한 주민들의 아픈 사연이 담기지 않았으면 좋겠다. 무섭고 살벌한, 슬프고 아픈 두만강이 아닌 평화와 교류의 강이 되었으면 하는 바람이다.

PART 2

중국에서

목숨을 건 나의 사랑이
오히려 구사일생의 기회가 되었다.

먹고 먹고 또 먹고

- *C* -

　우리는 목숨을 건 위험천만한 여정을 마치고 드디어 엄마가 사는 집에 도착했다. 동생과 함께 두근거리는 가슴을 안고 한 발자국 한 발자국 옮길 때마다 가슴이 뭉클하며 눈물이 나왔다. 그날 엄마를 부둥켜안고 얼마나 울었는지…

　엄마를 만나기 전까지는 나라를 배신하면 안 된다고 김정일 장군님께 그러면 안 된다고 단호하게 말했던 나였는데 어느새 두만강을 건너 엄마가 사는 중국집에 와 있었다. 우리가 받아온 세뇌 교육이 얼마나 무서운 것인지 중국과 한국에 살면서 점차 느끼게 되었다. 엄마를 설득하려고 했던 그때를 생각하면 지금도 어이가 없어서 웃음만 나온다.

　엄마가 사는 집에 도착했을 때는 점심시간이었고 엄마와 함께 살고 있던 중국인 남자와 그의 가족들이 함께 우리를 마중 나와 있었다.

북한에서 왔다고 상다리 부러지게 차려놓고 우리를 맞이한 그 남자는 우리와 중국에서 함께 살게 될 새아빠였다. 우리는 그렇게 새아빠와 한 가족이 되어 중국에서의 생활을 시작하게 되었다. 그때 중국에서 엄마도 놀랄 정도로 차이 나게 많이 먹었던 것 같다. 항상 배고픔에 시달렸던 우리는 엄마가 해 주는 밥은 물론 맛있는 과일을 실컷 먹을 수 있어서 정말 행복했다.

내가 살던 북한에는 과일들이 아주 귀했고 매우 비쌌다. 그나마 자주 먹을 수 있었던 과일은 함경북도 지역에서 잘 나오는 사과 배라는 배와 돌배였다. 사과 배는 사과와 배의 맛과 모양이 섞여 있어서 그렇게 불렀고 돌배는 말 그대로 딱딱한 배였는데 겨울에 얼려서 많이 먹곤 했다. 북한에서 귀한 사과를 먹어볼 기회는 거의 경조사 때뿐이었다. 비싸서 함부로 먹을 수 있는 것이 아니었지만 그런 사과를 나는 어릴 때 독감에 걸려 한번 먹어본 적이 있다. 엄마는 독감에 걸려 시름시름 앓고 있는 나에게 우리 가족 하루 치의 식량을 팔아 사과를 사오셨다. 아플 때 먹은 사과는 정말 시원하고 맛있었던 탓에 그 맛은 지금도 내 기억 속에 있다. 엄마는 딱 한 알뿐인 사과를 아픈 나에게만 주었다. 동생들이 보면 먹고 싶어 하니 몰래 먹으라고 하면서…

철없던 나는 먹고 싶어 할 동생들의 생각은 잊은 채 맛있는 사과를 게 눈 감추듯 빠른 속도로 먹어 버렸다. 먹어 본 과일이라고는 그렇게 사과배와 돌배, 사과 세 가지뿐이었는데 어느 날 나에게 바나나와 귤을 먹어 볼 기회가 생겼다.

북한의 강원도 원산에 살던 이모할머니댁은 당 간부 집이다 보니 우리와 달리 아주 부유했다. 이모할머니는 외할머니댁에 한 번씩 올 때마다 귀한 것들을 가지고 오곤 했는데 그때에는 바나나와 귤도 갖고 오셨다. 그 과일들은 태어나서 14년 만에 처음 봤다. 나는 바나나와 귤을 먹는 방법을 몰랐다. 먹어본 적도 없었고 알려준 사람도 없었기에 아무것도 모른 채 바나나와 귤을 껍질째로 먹기 시작했다. 처음 먹어본 바나나와 귤은 정말 맛이 없었다. 어쩜 그리 맛없고 비린지… 그렇게 먹고 있는 우리를 보고 이모할머니는 깜짝 놀라며 알려주었다.

"어머나! 얘들아! 그건 껍질 까서 먹는 거야!"

그때 알게 되었다. 바나나와 귤은 껍질을 까서 먹어야 한다는 것을!(원숭이도 껍질을 까서 먹는 바나나를 통째로 먹었으니…)

그렇게 귀한 과일들이 중국에는 아주 많았고 가격이 싸서 언제든지 배불리 먹을 수 있었다. 엄마와 함께 중국에서 살면서 나는 다른 과일보다는 사과를 제일 많이 먹었다. 북한에서 먹었던 맛없던 바나나와 귤보다는 아팠을 때 맛있게 먹었던 사과의 맛 때문에 다른 과일보다 사과를 제일 많이 먹었다. 그런 나를 위해 엄마는 사과를 자루째 준비해 놓았다.

비싼 탓에 그림처럼 눈으로만 보던 사과가 자루째 있으니 계속 먹고 싶었다. 갑자기 많이 먹으면 건강에 안 좋다는 것을 알고 있던 엄마는 나와 동생에게 하루에 3알 정도의 사과만 주셨다. 엄마는 우리의 건강을 염려하여 그렇게 준 것이지만 오로지 많이 먹고 싶은 생각 뿐이었다.

먹고 또 먹고, 그때는 먹는 것이 전부였고 삶의 낙이었다. 함께 살던 새아빠에게 엄마가 창피할 정도로 많이 먹어서 적게 먹으라고 하는 엄마에게 서운하다며 따지기도 했다.

"아니. 많이 먹으려고 왔는데 왜 자꾸 먹지 말라는 겁까? 맘대로 먹지도 못할 거면 우린 여기 왜 왔습까?"

엄마의 만류에도 불구하고 먹고 싶은 것을 참을 수가 없어 동생과 나는 엄마와 새아빠가 잠든 사이 사과가 보관되어 있는 창고로 몰래 가서 사과를 꺼내어 밤새 둘이서 먹고 또 먹었다. 그날 우리는 사과만 먹은 것이 아니었다. 이웃이 우리에게 주려고 가져온 해바라기 씨까지 밤새 다 먹어 버렸다. 그날 밤 우리는 계속 먹다가 잠이 들었었는데 그런 우리를 보고 엄마는 깜짝 놀라셨다.

"어머야! 이 많은 걸 너희 둘이 다 먹었단 말이야? 그렇게 맛있니?"

새아빠도 말했다.

"이야~! 잘 먹네 엄청 잘 먹어~"

새아빠와 엄마는 눈이 휘둥그레졌다. 우리는 엄마가 해 주는 음식 외에 밖에서도 많이 사 먹었고 과자며 빵이며 원 없이 먹었다. 달걀도 한번 삶아 주면 기본 다섯 알을 먹었다.

중국은 한국보다 물가가 저렴하여 다량으로 구매할 수 있었고 다양한 종류의 과일과 음식이 많은 나라였다. 그렇게 엄마와 생활한지 한

달이 되자 우리의 배 속에도 기름지기 시작한 것인지 아니면 아무 때나 먹을 수 있다는 여유가 생겨난 것인지 더 이상 먹고 싶지 않았다.

북한을 떠날 때 삐쩍 말랐던 몸도 살이 올라 통통이가 아닌 뚱뚱이가 되어가고 있었다. 점점 비만이 되어 가는 우리를 바라보며 엄마는 너무 살찌면 건강에 좋지 않으니 조금씩만 먹어야 한다고 했다. 그렇게 차이나에서 차이 나게 원 없이 많이 먹고 나서야 현실을 직시하게 되었고 우리 머릿속에는 서서히 중국 말을 배워야 한다는 것과 일을 해서 돈을 벌어야 한다는 생각이 들었다. 그때부터 엄마는 우리에게 중국어를 가르치기 시작하였고 그렇게 중국 생활은 시작되었다.

차이나에서 얼마나 차이 나는 중국 생활을 하게 될지 모르고 우리는 엄마의 교육과 계획 아래 중국 생활을 배워 가고 있었다.

향수를 바르다

- *C* -

　중국에서 엄마와 함께 생활한 지 얼마 되지 않았을 때 있었던 일이다. 엄마가 사는 곳으로 도착한 지 며칠 만에 우리는 처음으로 중국에서 새해를 맞이하게 되었다. 처음 낯선 곳에서 맞이한 설날은 신기했고 무엇보다도 몇 년 만에 만난 엄마와 함께여서 더욱 행복했다. 처음 보는 폭죽놀이며 새해 공연이 아주 즐거웠고 중국 전통 오락인 마작도 배우게 되었다.

　중국에서 인연을 맺게 된 새아빠와 친척분들은 우리에게 세뱃돈을 주셨는데 동생과 나는 받은 용돈으로 필요한 물건을 사기 위해 함께 시내로 나갔었다. 바뀐 환경으로 호기심 많고 신기한 것이 많았던 동생과 나는 시장과 상점에서 이것저것 구경도 하면서 필요한 물건을 찾고 있었다.

　그때 우리에게 필요한 것은 화장품이었는데 화장품에 대한 중국어를 한 번도 배워본 적 없었기에 뭐라고 해야 하는지 몰라 조금 알고 있는 단어와 손짓 발짓을 하면서 점원에게 이야기했다.

"어… 그거… 얼굴, 바르고 향이 나고"

나와 동생은 알고 있는 모든 단어를 조합해서 또박또박 이야기하고 있었지만 점원은 알아듣지 못하는 듯했다.

똑같은 이야기를 계속 반복해도 못 알아듣자 우리는 비슷한 것을 찾아들고 다시 이야기했다.

"이거… 향기? 얼굴?"

작은 병 속에서 찰랑거리며 장미 향기 비슷한 향을 내는 병을 점원에게 보여주며 말했다.

"아~ 뚜이! 뚜이!"(맞아요! 맞아!)

동생과 나는 드디어 제대로 찾은 것 같아 서로 마주 보며 큰일이라도 해 낸 듯 뿌듯해하며 당당하게 물건을 사 들고 집으로 돌아왔다. 우리는 집으로 돌아와 엄마에게 화장품을 잘 사 왔고 중국 말도 정확하게 했다며 자랑을 했다. 그 이야기를 듣던 엄마 또한 기뻐하면서 우리에게 배운 단어들을 자꾸 사용하다 보면 잘할 수 있다고 칭찬해 주었다.

나는 화장품을 얼굴에 바를 생각에 들떠 후다닥 세수부터 깨끗이 한 후 화장품을 바르기 시작했다. 그런데 뭔가 이상했다. 바르면 바를수록 자꾸 건조해지는 것 같고 향도 너무 진해서 도저히 바르기가 힘들었다.

"이게 아닌가? 이 화장품 이상한 거 같아. 이거 향기만 나고 왜 얼굴에 발라지지 않지? 조금씩 발라야 하나 이상하네…?"

"그러게… 언니 향이 너무 독하니깐 많이 바르지마. 그리고 이거 왜 물 같아?"

도저히 그냥 사용할 수가 없어서 동생과 나는 새아빠에게 물어 보았고 우리가 사온 화장품을 유심히 살펴보던 새아빠가 갑자기 빵 웃음을 터트렸다.

"아이고야~. 얘들아 이건 향수란다. 향수를 얼굴에 발랐구먼! 하하하!"

집 안에는 나와 동생이 얼굴에 바른 향수 냄새로 가득했다. 새아빠와 엄마는 괜찮다며 웃으셨지만, 자존심이 상하고 스스로 화가 났다. 중국어와 한자를 모르는 것이 우리의 잘못인 마냥 너무 창피했다. 그 이후 그런 황당한 일을 겪지 않으려고 동생과 나는 더 열심히 중국어와 한자 공부를 했다. 배운 단어는 시내에 나가 바로 사용하면서 중국어의 4성 발음에 대해 연습을 했고 간단한 한자는 읽고 쓸 수 있게 연습에 연습을 했다. 또 필요한 물건을 살 때 상인 중에는 우리말을 알아듣는 사람이 있었고 아예 못 알아듣겠다고 하는 사람도 있었다. 그럴 때면 꼭 다시 확인하며 물어보았던 말이 "우리 말 잘 알아 들었나요?"였다.

우리는 "알아 들었어요!"라고 이야기하는 상인에게서만 물건을 샀다. 향수 사건 이후 같은 실수를 반복하고 싶지 않은 우리들만의 노

하우라고 할까? 덕분에 조금씩 나아지고는 있었다. 어려운 단어들이 많았지만, 우리가 할 수 있는 건 다시는 그런 어이없고 황당한 실수를 하지 않기 위한 배움과 노력뿐이었다.

처음이라는 단어는 경험이라는 단어를 위해 생겨난 것 같다. 누구에게나 항상 처음은 어설프고 완벽하지 않다. 첫걸음마를 떼기 위해 넘어지기를 수없이 반복하는 아기들처럼.

그때 중국에 살면서 수많은 시행착오를 겪으며 배운 중국어는 현재 한국에 사는 중국인들과 어울리는 데 큰 도움이 되고 있다.

농심 신라면

- C -

　엄마가 살고 있던 중국의 반금 시에서 거주하면서 우리는 엄마의 계획대로 중국에 정착하기 위한 준비를 하나하나 하기 시작하였다. 제일 시급한 것은 우선 중국어를 배우는 것이었다. 중국어를 한마디도 모르는 우리에게 그것보다 더 시급한 것은 없기에 엄마는 우리에게 사람을 붙여 매일 중국어를 가르쳤고 우리가 중국어를 배우는 것에 새아빠도 큰 도움을 주었다.

　중국의 새아빠는 재중 교포로 중국어와 한국말이 모두 가능했기에 새아빠의 도움으로 조금 더 쉽게 중국어를 터득해 나갈 수 있었다. 엄마의 잔소리도 매일 함께 들어 가면서 중국 사회에 적응하기 위해 말부터 배우기 시작했다. 중국어를 모르면 일도 할 수 없었고 생활하기에 많은 불편함이 따르는 것은 물론 더욱 중요하게는 탈북민인 것이 금방 들통나 붙잡혀 갈 수도 있었기 때문이었다. 다행히 우리는 어린 나이어서 그런지 배우는 속도는 빠른 듯했다. 중국어도 배우고 중국 문화에 대해서 조금씩 알아 가게 되었고 기차와 버스 타는 법, 삼륜 오토바이 타는 법, 돈에 대한 것이며 생활에 필요한 모든 것을 엄마와 새아빠에게 생활하면서 배워 나갔다.

엄마와 함께 그렇게 1년 정도 같이 생활하다가 우리는 일자리를 알아보기 위해 큰 시내로 나가게 되었다. 엄마가 비록 중국에서 살기는 했지만, 새아빠의 형편도 그다지 여유로운 편이 아니었기에 우리는 생활에 보탬도 되고 하루빨리 적응하고 정착하기 위해서라도 일을 해야만 했었다. 하지만 말도 많이 서툴고 신분증도 없는 우리를 받아 주겠다고 하는 곳은 거의 없었다. 엄마와 새아빠는 그나마 조금이라도 안전한 곳으로 보내려고 애썼다.

안전한 일자리를 위해 확인하고 또 확인해 가며 찾게 된 곳이 한국 농심 라면의 건더기 수프를 수출하는 하이훙창이라는 회사였다. 그곳에서 일하게 되면서 한국의 농심 신라면을 알게 되었고 덕분에 신라면도 많이 먹어 보았다. 처음 도착한 날 나와 둘째 동생은 같은 기숙사에서 생활하게 되었고 우리는 다음날부터 채소 다듬는 일부터 시작하였다. 고추, 양파, 대파, 고사리, 버섯 등등 1단계 작업이 바로 채소를 손질하는 것이었다.

일한 만큼 무게를 달아서 한 근에 얼마씩 하루 일한 양만큼 계산해서 매달 월급을 주는 방식이었다. 내가 많이 하면 많이 받을 수 있는 구조였지만 그렇다고 많이 할 수 있는 작업은 아니었다. 그래도 북한에서 이런저런 일을 많이 해 보았기에 나와 동생의 일하는 속도는 다른 이들보다 빨랐다.

하지만 언어의 장벽으로 인해 우리는 일하면서 중국인들과 자꾸 부딪히게 될 때가 많았다. 작업지시를 받아도 그것이 도대체 무슨 말인지 제대로 이해할 수가 없었다. 그러다 보니 말을 잘 알아 못 듣는 우리를 보고 같이 일하던 동료들은 수군대기 시작하였고 의심하는 사람들도 있었다. 그때마다 우리와 함께 기숙사에서 지내던 분(중국교포)은 유창한 중국어와 한국어로 번역해 주면서 우리를 많이 도와주었다. 그 후부터 그분에게 중국어를 더 열심히 배우게 되었고 동생과 나는 조금씩 자신감을 갖게 되었다.

수프 건더기에 들어갈 고춧가루도 손으로 일일이 이물질 검사를 해야 하는 날도 있었다. 그런 날은 정말 힘들었다. 마스크와 장갑을 두겹, 세 겹 껴도 눈과 손이 매운 것은 어쩔 수가 없었다. 손이 너무 매워 퇴근 후에 기숙사에서 손이 퉁퉁 불 정도로 물에 담그고 잠든 적도 있었다. 또, 뜨거운 열 가마 앞에서 표고버섯과 파를 말리기도 했고 새우를 손질하는 날이면 손가락에 찔리는 일도 다반사였다.

그렇게 힘든 시간이었지만 동생과 나는 하루도 불평하지 않고 성실히 일했고 또 잘하려고 노력하였다. 하나가 아닌 둘이 함께여서 그런 시간도 잘 이겨낼 수 있었던 것 같다. 잘 이겨 내면서 열심히 일한 덕분에 동생과 나는 승진하여 재료를 최종 검사하는 검사반으로 올라가 한 개 조를 이끄는 조장도 해 보았다. 회사에서는 중국어는 서툴지만 최선을 다해 열심히 일하는 우리의 노력을 알아 주었다.

그렇게 잘 지내며 안전할 것 같은 시기에도 우리에게는 항상 두려움의 대상이 있었으니 바로 공안이었다. 중국의 공안들은 신분증 조사를 불시에 예고 없이 할 때가 많았다. 우리는 그 시기에도 북한 사람들이 많이 온다는 이유로 신분증 조사를 하고 있다는 것을 알고 있었기에 늘 불안에 떨며 살았다. 우리가 있는 동안에도 그런 경우가 많았다. 그래도 운 좋게 자리를 비워서 없거나 회사에서는 신분증 없는 사람은 안 쓴다는 식으로 말을 해줘서 잘 피할 수 있었다. 이렇게 좋은 회사에서 더 오래 일하고 싶었지만 그만둘 수밖에 없었던 사건이 있었다. 그 일은 정말 억울하고 화가 나는 일이었다.

사건이 있던 날 아침, 내가 일하는 작업장 주임이 나를 밖으로 불렀다. 주임은 나에게 개인 사물함을 열어서 보여 달라고 했다. 중국 말에 서툰 내가 주임에게 물었다. 어떤 이유인지 왜 내가 당신에게 내 개인 사물함을 열어 보여 줘야 하는지 알려달라고 했었다. 하지만 주임은 아무 일도 아니니 그냥 열어서 보여 주기만 하면 된다고 해서 기분이 나빴지만 열어서 보여 주었다. 그리고 주임에게 다시 물었다. 왜 그러는 건지 알려주었으면 감사하겠다며 서툰 중국어로 정중히 말했더니 주임이 나에게 이야기했다.

"사실은 회사 사장의 며느리가 기숙사에 비싼 옷을 세탁 후 널었는데 그게 없어졌대. 그런데 네가 오늘 아침에 검은 봉지를 들고 출근하는 것을 본 사람이 있다고 해서 사물함을 열어 보라고 한 거야."

그날 아침 나는 검은 봉지에 생리대를 넣고 출근을 했었는데 그것을 목격한 사람이 나를 지목했다. 제대로 된 신분증조차 없는 우리가 북한에서 온 사람이라는 것을 회사 간부들은 알고 있었다. 그런데도 우리를 회사에서 일할 수 있게 해 준 것이 늘 감사하여 남들보다 더 성실히 일했는데 나와 동생에게 돌아온 것은 도둑 누명이었다. 말도 통하지 않는 낯선 땅에서 내가 할 수 있는 말은 그리 많지 않았기에 억울한 마음에 많이 울었다. 우리는 그대로 있을 수만은 없어 사장님 댁으로 바로 달려갔다.

"우리는 절대 남의 물건이나 훔치는 그런 사람들이 아니에요! 북한에서 힘들게 왔어도 남의 것에 손대지 않아요. 북한에서 왔다고 물건 훔치는 도둑으로 보지 마세요. 우리는 도둑질하러 중국에 온 것이 아니에요!"라고 사장의 며느리에게 이야기했다. 우리가 할 수 있는 건 이 말과 우는 것뿐이었다. 사장의 며느리는 한족이었는데 우리에게 아닌 거 알았으니 그만 돌아가라는 말만 반복하며 사과의 말 한마디 없었다.

기숙사로 돌아온 동생과 나는 회사를 그만두기로 결심했다. 그런 모멸감과 오해를 받고 뒤에서 수군거리는 말을 들으며 도저히 그곳에서 일할 수 없었고 우리의 자존심 또한 허락하지 않았다.

다음날 나와 동생은 회사에 사직서를 제출하였다. 사장님과 사장님의 며느리 되는 분은 우리에게 여길 떠나 다른 곳에 가면 신분증도 없는데 위험하다고 했지만 우리는 그날 회사를 떠났다. 당장 갈 곳이 없었지만 그래도 새로운 곳을 찾아보기로 했다. 다른 곳으로 간다고 한들 우리에게 큰 변화는 없겠지만 최소한 또 다른 경험은 해 볼 수 있고 더 많은 것을 배울 수 있지 않을까? 하는 긍정의 생각을 품고 힘을 내 보았다. 그렇게 동생과 나는 집으로 가는 버스에 몸을 실었다.

선양에 서탑

- C -

라면 수프 만드는 회사를 그만두고 다시 집으로 돌아왔지만, 마냥 집에만 있을 수 없었기에 나와 동생은 바로 다른 일자리를 알아보기로 했다.

'이번에는 또 어떤 일자리가 우리를 기다리고 있을까? 아니 우리가 할 수 있는 일이 있을까? 일자리를 찾을 수 있을까?'

그 회사에서 자존심과 울컥하는 마음에 일을 그만두긴 했지만, 우리에게 밀려오는 건 근심과 걱정뿐이었다. 더 이상 누가 일자리를 찾아주지도 않았고 또 안전하게 일할 수 있는 곳이 있을지도 걱정이었다.

엄마는 또다시 여기저기 동네 분들에게 물어보고 새아빠도 어떤 일을 할 수 있는지, 어느 지역에 갈 수 있는지, 또 안전한 곳은 어딘지 알아보러 다녔다. 여러 군데 알아보고 난 후 우리가 결정한 곳은 바로 선양에 있는 서탑이었다.

선양은 여기 한국에서도 잘 아는 곳이다. 선양에 있는 서탑은 한국 사람들이 많이 가는 곳이기도 하며 한국인이 운영하는 기업이나 식당이 밀집해 있는 곳이었다. 아직 중국 문화도 낯설고 중국어도 서툰 우리에게 서탑은 한 줄기 빛이었다. 한국인 사장이 운영하는 한국 식당에서 일할 수 있겠다는 희망을 품고 서탑에서 일자리를 알아보기로 했다. 일단 서탑에서 일자리를 찾아 안전하게 일할 수 있는지 확인 후에 동생을 부르기로 하고 내가 먼저 선양에 있는 서탑으로 출발하였다. 장녀로 태어나 두 동생보다는 사랑과 좋은 것도 더 많이 받고 자라온 나였기에 장녀로서 책임감이 조금씩 생기기 시작한 시점이기도 했다.

선양에 도착한 나는 여기저기 가게마다 붙어 있는 구인 광고를 보고 기웃거리며 일할 수 있는 곳을 찾아 돌아다녔다. 이곳저곳 돌아다니며 찾기를 몇 번 하다가 발견한 곳이 개업한 지 얼마 안 된 동백 일식이라는 식당이었는데 일본 음식을 파는 일식집이었다. 혹시나 하는 마음에 구인광고 전단지를 손에 꼭 쥐고 면접을 보기 위해 식당으로 들어갔다. 그 식당을 전반적으로 관리하는 사람은 중국 연변 사람이었고 나에게 몇 가지의 질문 후 어려움 없이 바로 나를 채용하였다. 급여는 한 달에 중국 돈 600위안을 받기로 했다. 당시 600위안이면 한국 돈 11만 원 정도였는데 여기보다 물가가 싼 중국에서는 적은 돈이 아니었다. 서비스업에서 일하는 사람들 대부분이 그 정도 받고 일하던 시기였고, 식당 일이라는 것이 고급 기술이나 고학력을 필요로 하는 직업이 아니다 보니 찾기도 쉬웠다.

중국어조차 제대로 못 하는 나에게는 그 일마저도 어려웠지만, 다행히 중국어를 많이 해야 하는 상황도 아니었고 요리의 이름을 몇 가지 외우고 서빙을 하면 되는 정도인 것 같아 안심이 되었다. 외우는 거라면 자신이 있었기에 무조건 외우기만 하면 될 거라 생각하고 큰 걱정은 하지 않았다.

면접이 끝난 후 서빙을 하기 위해 기다리고 있는데 내 키가 조금 큰 탓에(나의 키는 166cm이다.) 서빙할 때 입을 수 있는 복장이 없다고 했다. 서탑의 거의 모든 식당에서는 서빙하는 직원들에게 단체 복장을 입고 서빙하도록 하였다. 나도 꼭 입어야 하는 서빙 복이 키가 커서 지금 당장 맞는 게 없다니 당황스럽기도 하고 '내가 그렇게 키가 큰 건가?'라는 생각도 들었다. 나의 키로 인해 문제 될 거라고 생각해 보기는 그때가 처음인 것 같다.

주방장은 나에게 서빙 복이 올 때까지는 간단한 청소 같은 것만 먼저 해 달라고 하였다. 내가 면접 본 그날은 신장개업한 날이어서 식당에 손님들이 아주 많았고 손이 부족하여 바쁜 하루였다. 그런데 내가 해야 하는 것이 고작 청소뿐이라니! 그래도 당장은 어쩔 수 없었다. 청소를 다 끝내고 기다리면서 여기저기 기웃거리고 있던 그때 내 눈에 들어온 것은 주방에 어마어마하게 쌓인 그릇들이었다.

주방은 주방대로, 홀은 홀대로 정신없이 바쁜 하루였는데 키가 제일 큰 나만 이러고 서 있자니 답답하고 불편했다. '설거지가 저렇게 많은데. 설거지한다고 뭐라 안 하겠지? 좀 도와드려야겠네.'

이런 생각에 나는 불쑥 주방으로 들어가서 설거지를 하기 시작했다. 누가 시켜서가 아니라 바쁜 상황이어서 주방에 들어가 말없이 하고 있었는데 누군가 나를 유심히 쳐다보고 있는 듯했다. 바로 주방장이었다. '왜 쳐다보지? 내가 뭘 잘못했나? 하면 안 되나? 어쩌지?'

뭔가 실수를 한 것 같아 불안했다. 그때 주방장이 나에게 다가오더니 말했다.

"일을 진짜 잘하네! 젊은 아가씨가 주방 일을 참 잘해. 그릇이 날아다니네, 날아다녀. 정말 빨라!"

"네? 아~ 감사합니다! 여기에 설거지가 많이 쌓여 있기에 제가 좀 돕고 싶었어요."

"아가씨, 여기 주방에서 같이 일해 볼래요? 홀에서 받는 것보다 100위안 더 줄게 같이 일해요."

주방장은 설거지하던 내 모습이 무척이나 마음에 들었던 모양이다. 서빙해서 받는 월급 600위안에서 100위안을 더 준다는 말에 나는 바로 하겠다고 대답했다. 100위안은 나에게는 아주 큰돈이었다.

주방장의 제의를 받고 순간 나는 생각했다.

'주방에선 중국 말 많이 안 해도 될 거야. 그리고 신분증 검사도 안 할 거야. 내가 북한 사람인 거 말 안 해도 되겠지? 돈도 100위안이나 더 준다니까 여기 주방에서 열심히 일하자.'

이런 단순한 내 생각은 주방에 출근한 첫날부터 산산조각이 났다. 비록 주방의 모든 허드렛일을 해야 하는 주방보조였지만 서빙하는 것보다 외워야 할 단어는 더 많았다. 각종 채소, 요리, 그리고 기계 작동 방법, 거기에 급할 때면 나도 요리를 해야 했기 때문에 요리까지 배워야 했다. 내가 아는 요리라고는 밥뿐이었는데 정말 여우를 피하려다 호랑이를 만난 격이 되었다.

하지만 이미 닥친 것을 나는 피할 길이 없었고 무조건 헤쳐나가야 할 일만 남았고 하나하나 배우는 방법밖엔 없었다. 잘 배워서 헤쳐나가겠다고 단단히 마음먹었지만 모르는 것 천지다 보니 실수투성이였다. 어떤 날은 바쁜 탓에 뜨겁게 달궈진 돌솥을 바로 씻으려고 찬물에 담갔다가 3개를 한꺼번에 박살 낸 적도 있었다. 달궈진 돌솥은 천천히 식힌 후에 물에 씻어야 했는데 아무 경험이 없던 나는 돌솥을 전부 깨버리고 말았다. 그 돌솥들은 꽤 비싼 것들이어서 물어내야 했지만 당황해서 얼굴이 빨개진 나를 보며 주방장은 처음이라 그런 거니 괜찮다며 다독여 주었다. 그뿐만이 아니었다. 칼에 손이 베이는 날도 허다했고 채소 이름을 몰라 실수로 잘못 가져다 준 적도 많았다. 그런 실수가 잦은 날이면 자신감도 떨어지고 두 배로 지쳐 있었다.

마음먹은 대로 안 되어 힘들고 지쳐 어깨가 축 처져있던 어느 날 주방장은 자신의 과거 이야기를 들려주었다.

"북녀씨. 나도 일본에서 처음 요리를 배울 때 무엇부터 한 줄 알아? 주방보조였어! 정말 힘들었지. 온종일 칼 가는 것만 몇 번을 했는지 몰라. 그리고 일본어도 잘 몰라서 얼마나 힘들었는데. 별일 다 있었지. 고기를 잘못 썰면 엄청 혼나고, 월급에서 까이고. 나도 그런 시절이 있었어. 그런데 그걸 다 견뎌 내니까 지금의 이 자리에서 멋진 칼질을 할 수 있게 됐지. 그러니 북녀씨도 힘내!"

무엇이든지 능수능란하게 해내는 주방장에게 그런 모습이 있을 거라고는 생각하지 못했다. 주방장의 이야기를 들은 나는 '그래 이번 기회에 요리 한번 제대로 배워 보자!'라고 생각을 바꿨다. 엄마도 오래전부터 나에게 요리를 가르치려 했지만 한 번도 제대로 배울 생각을 해 보지 않았다. 이렇게 주방에서 일하게 된 것도 요리를 배울 수 있는 기회라고 생각하니 오히려 배우고 싶은 것들로 넘쳤다. 주방장만 하는 멋진 칼질이며 또 이모님들이 만드는 음식들이며 모두 배우고 싶어졌다. 그리고 주방장과 식재료를 구입하러 함께 다니기도 하면서 일석이조로 중국어도 좀 더 배우게 되었고 요리도 함께 배우는 즐거운 나의 일터가 되었다. 그때 요리를 잘 배운 덕분에 남편에게 요리를 잘한다는 소리를 자주 들었다. 그러나 남편의 입맛에만 맞는 것일지도…

나름 잘 적응하던 시기에 내가 일하던 그곳에서는 서빙할 직원을 계속해서 모집하고 있었다. 나는 동생에게 연락하여 올라와서 함께 일해도 안전할 것 같다고 말했고 동생은 곧바로 선양으로 왔다. 동생은 면접 후 바로 일을 시작하게 되었고 동생 역시도 키가 컸지만(동생의 키는 170cm이다.) 미리 주문한 복장이 있었다. 나는 주방에서 그리고 동생은 홀에서 서빙을, 우리는 그렇게 또 함께 같은 공간에서 일하며 동고동락하게 되었고 그곳에서 열심히 최선을 다해 일했다.

무엇이든 열심히 배우고 성실히 일한 덕분에 동생은 일을 시작한 지 한 달도 되지 않아 식당의 카운터에서 회계를 맡아 관리하게 되었다. 매일매일 새로운 것을 배우며 동생과 함께 일하는 좋은 날들이 오래 지속되길 바랐지만 얼마 가지 못했다. 또다시 우리를 불안하게 만드는 사건이 있었는데 바로 신분증이었다. 북한 사람인 것이 탄로날까 봐 전전긍긍하기는 식당에서 일하는 동안에도 마찬가지였다. 우리가 일하던 곳은 식당이어서 신분증 검사에 건강검진까지 하고 있었다. 둘 다 신분증이 있어야 하는 것이지만 우리에게는 아무것도 없었다.

신분증을 요구하는 주방장에게는 아직 만들지 못했다는 말도 안 되는 핑계를 대기도 했다. 주방장은 그럴 때마다 우리를 의심스러운 눈으로 보면서도 알겠다고 했다. 그런 날들이 쌓이면 쌓일수록 우리는 불안해졌고 주방장은 큰 문제가 발생한 것은 아니었기에 대놓고 말은 하지 않았지만 대충은 짐작하고 있는 듯했다. '괜찮다. 안심해도 된다.' 식의 무언의 눈빛을 보내기도 했었다.

하지만 불안했던 나와 동생은 그곳에서 계속 일을 하면 안 될 것 같았다. 선양은 특히나 북한 사람들이 많은 곳이었고 유독 선양의 서탑은 신분증 검사와 단속이 심한 곳이었다(지금도 그곳에서는 많은 탈북민이 북송된다). 그런 불안함 속에서 우리가 얼마나 버틸 수 있을까? 나는 동생에게 돈을 주고 가짜 신분증이라도 만들어서 북한 사람들이 없는 곳으로 아예 멀리 떠나자고 했다. 그렇게 결정한 곳이 바로 칭따오였다. 동생도 더 이상 선양에서 버틸 수 없다는 생각이 들었는지 나의 말에 적극 동의했다.

동생과 나는 신분증 없이는 결코 아무것도 할 수 없다는 생각에 먼저 중국 돈 300위안을 주고 가짜 신분증을 만들었다. 우리가 가야 하는 곳은 기차를 타고 하루 반나절이 걸리는 곳이어서 신분증은 필수였다. 그 자리에서 바로 조회를 한다거나 하는 식의 검사가 아닌 그냥 눈으로 본인 확인하는 정도였기 때문에 가짜라도 가능했다. 아니! 가짜라도 가지고 있는 것이 우리에게 훨씬 더 안전하고 유리했다.

그때는 지금처럼 중국의 단속이 꼼꼼하지도 않았고 바로 스캔 가능할 정도로 기술이 발전하지도 않아 지금보다는 훨씬 안전했던 것 같다. 가짜 신분증을 우리 손에 넣기까지는 3일밖에 걸리지 않았다. 신분증 사진 속에 우리 얼굴은 왜 그렇게 불안해 보였는지…

사진을 찍는 동안에도 불안했던 두려움은 사진 속 얼굴에 그대로 드러난 가짜가 아닌 진짜 우리의 얼굴이었다. 동생과 나는 가짜 신분증을 받고 서둘러 칭따오로 가는 기차에 몸을 실었다. 또 어떤 여정이 시작될지 동생과 나는 몰랐다. 우리 두 자매가 할 수 있는 것은 안전하게 돈 벌 수 있는 곳으로 찾아가는 것뿐이었다. 지금 생각해 보니 동생과 나는 항상 함께여서 서로 힘이 되었고 두려움도 잘 이겨내며 어떤 것도 헤쳐나갈 수 있었던 것 같다. 하나보단 둘이 낫고 둘보단 셋이 낫다는 말을 나는 백배 공감한다. 힘들고 어려운 시기에도 우리 두 자매는 항상 같이 배웠고 기쁘고 슬플 때도 함께 하면서 서로에게 힘이 되어 주었다.

동생과 나는 또 다른 시작과 더 안전한 곳을 위해 처음으로 엄마가 사는 집에서 아주 멀리멀리 떨어진 칭따오로 출발했다. 딱딱한 의자에 앉아 꼬박 하루 반을 걸려 도착해야 했지만 그럼에도 한 번도 가보지 않은 곳에 우리 힘으로 간다는 것이 새롭게 느껴져 마음도 들떠 있었다. 불안한 가운데서도 우리 둘은 즐겁게 이야기하면서 앞으로 닥칠 미래에 대한 걱정 따윈 잊어버리고 기차와 함께 마음도 달리고 있었다.

칭따오 신입사원

- *C* -

　나와 동생은 선양을 떠난 지 하루 반나절이 되어서야 칭따오에 도착할 수 있었다. 산둥성의 칭따오는 온통 우리가 알아듣지 못하는 사투리들뿐이었다. 중국 표준어도 제대로 알지 못하는 우리에게 사투리라니… 산 넘어 산이었다. 사투리로 걱정되던 그 순간 선양에서 출발할 때 일식집에서 함께 일하던 동료들이 말해 준 것이 떠올랐다.

　"칭따오에 가면 산둥 사투리로 말할 거야. 사투리는 못 알아들으니 표준어로 말해 달라고 이야기하면 표준어로 말하니까 그렇게 말해요! 그러면 알아들을 수 있잖아!"

　동료들의 그 말이 생각나면서 조금은 안심이 되었다. 동생과 나는 미리 확인한 정보대로 일단 한국 기업과 식당이 밀집해 있는 곳으로 가기로 하고 택시부터 부르기로 했다. 서툰 중국어를 해가며 택시를 타고 우리가 도착한 곳은 청양이라는 곳이었다. 청양에는 한국인이 운영하는 기업과 식당이 많이 있는 곳이었다.

우리 둘은 이번만큼은 각자 하고 싶은 일을 하면서 떨어져 지내기로 하고, 서로 하고 싶은 일을 찾기 시작했다. 나는 일반 회사 위주로 찾아다녔고 동생은 선양에서 식당 계산대 회계를 했던 경험을 살려 식당에서 일하기로 했다. 주방에서 온갖 허드렛일도 해 보았기에 그 당시 내가 하고 싶은 일은 20대 젊은 여성에게 맞는 사무직 일이었다. 청양에는 조선족들이 그곳에 직업소개소를 차려놓고 한국인 기업에 구인을 해 주고 있었다. 직업소개소에서 일하는 직원들도 다행히 조선족들이었기에 중국어를 잘 못해도 얼마든지 상담이 가능했다. 사무직에서 어떤 일을 하는지, 그리고 무슨 일을 하는지 제대로 알 수 없었던 나는 일단 그 지역에 있는 직업소개소에 찾아가 문의해 보기로 했다.

동생은 식당에 붙은 구인정보를 보고 바로 취직이 되었지만 나는 회사를 찾아야 했다. 여기저기 자기소개서 같은 것도 제출해야 했고 또 내가 할 수 있는 곳이어야 했기에 일자리를 찾는 것에 시간이 조금 필요했다. 그렇게 발품을 팔아 돌아다니며 찾은 곳이 바로 한국인이 운영하는 의류회사였다.

그곳에서 한국말을 할 줄 아는 조선족 여성을 구인하고 있었고 직책은 자재관리 담당이었다. 직업소개소 직원이 나에게 물었다.

"한국말은 할 수 있으니 간단한 통역은 할 수 있을 테고, 컴퓨터는 할 줄 압니까?"

'컴퓨터? 컴퓨터는 만져본 적도 없는데 어쩌지?'

뭐라고 대답해야 할지 걱정이 되었다. 중국어도 서툴고 컴퓨터도 못한다고 하면 분명 안 된다고 할 텐데 어떻게 말해야 할지 생각이 떠오르지 않았다. 사무직에 꼭 취직하고 싶은 마음이 간절했던 나는 그냥 할 수 있다고 말해 버렸다.

내 자신의 처지와 상태가 어떤지 내가 제일 잘 아는데 그대로 말한다면 칭따오에 있는 한국인 기업에서 사무직으로 취직한다는 건 불가능해 보였다. 여기서 안 된다고 한다면 내가 할 수 있는 일은 주방의 허드렛일뿐이었다. 더 이상 나를 그렇게 내버려 둘 수 없었기에 무작정 부딪혀 보기로 했다. 최소한 회사라는 곳이 어떤 곳인지, 그리고 사무직이라는 일이 정확히 어떤 일을 하는지 짧게라도 경험해 보고 싶었다. 일을 못 해서 해고될 땐 해고되더라도 내가 할 수 있는 최선을 다해 해내고 싶었다. 무작정 할 줄 안다고 말한 나의 말을 믿고 직업소개소 직원은 나를 한국인이 운영하는 의류 회사에 소개해 주었고 '청우'라는 한국의류 회사에 입사하게 되었다.

그곳에서 일하는 직원은 자그마치 100명이 넘었고 경영자는 한국인이었다. 그리고 사무업무를 처리하고 있는 사무실 직원들은 모두 중국에 있는 조선족이었다. 나는 그때부터 그들과 함께 일을 하게 되었고 회사에서 의류 제작에 필요한 모든 자재를 관리하는 자재 관리 담당이라는 직책을 맡게 되었다. 중국어도 잘해야 하고 컴퓨터도 능숙해야 하며 심지어 영어까지 알아야 하는 그곳에서 내가 과연 잘할 수 있을지 걱정이 되었다. 회사에 입사한 그날 나는 기숙사를 배정받고 사무실 직원들과 간단히 인사를 나눈 후 내가 해야 할 일을 배우기 시작했다. 일을 모르는 상태에서 처음부터 잘하는 사람은 없기에 회사 직원들에게 배워야 했다. 첫 출근 후 7일 동안은 회사에서도 업무 파악할 수 있도록 수습 기간을 주었고 그 기간은 일이 서툴고, 실수해도 용서해 준다고 했다.

그러나 다른 사람들과 달리 내가 배워야 하는 것은 한두 가지가 아니었다. 컴퓨터를 조금이라도 할 줄 알아야 했고 중국어도 계속해서 배워 나가야 했으며 회사의 생산직에서 일하는 칭따오의 중국인들과 대화를 위한 사투리를 배워야 했다. 이것 말고도 자재를 담당하는 나에게 시급한 것은 바로 영어였다. 의류를 생산하는 데 필요한 자재들은 모두 영어로 적혀 있어서 그 영어를 모른다면 자재관리를 할 수가 없었다. 출고할 때와 입고할 때 모두 영어는 필수였다. 처음으로 취직한 회사는 이렇듯 나에게는 너무 벅찬 곳이었다.

앞을 가로막고 있는 문을 열고 나아가면 또 다른 문이 나를 기다리고 있었다. 식당에서 일하던 때보다 우는 날도 많아졌고, 시도 때도 없이 자재가 들어오다 보니 퇴근시간도 일정치 않았으며 밥도 늦은 시간에 혼자 먹을 때가 많았다. 그러나 그때는 어디서 그런 배짱이 나왔는지 모르겠지만 그런 힘든 상황이었음에도 무조건 해내고 싶었고 포기하고 싶지 않았다. 일단 배워야 일을 제대로 할 수 있었기에 일주일 동안 사무실에서 한글타자 연습과 영어 단어 외우기부터 시작했다.

그때 그 회사에는 통역하는 조선족 아가씨가 사용하는 사무용 컴퓨터가 있었는데 나는 그에게 부탁하여 퇴근 후면 컴퓨터 앞에 앉아 몇 시간씩 한글 타자 연습만 했다. 낮에는 사무실에서 직원들이 일을 처리해야 했기에 밤에만 연습할 수 있었다. 치고 또 치고, 손가락 마디가 아플 정도로 연습했었다.

내가 있는 자재 관리실에서는 일도 하면서 의류에 붙는 영어로 된 상표 이름과 원단의 색상을 적어서 무조건 외웠고 쓰기와 말하기를 반복했다. 낮에는 영어를, 밤에는 타자 연습을 내가 할 수 있는 모든 것을 동원해 연습했다. 나에게 주어진 시간은 7일뿐이었으니까! 그렇게 밤낮없이 연습을 했더니 상사가 지시하는 것을 어느 정도 알아듣고 업무처리를 할 수 있게 되었다.

일주일간 열심히 노력한 덕분인지 회사에서 앞으로 더 잘할 수 있을 것 같으니 함께 일해 보기로 결정했다고 했다. 눈물이 하염없이 흘렀다. 그리고 나 자신이 자랑스러웠다. 잠도 못 자고 연습했던 것이 헛된 것만은 아니었다는 생각에 뿌듯했고 더 잘 해내고 싶었다. 그때 열심히 한글 타자를 연습한 덕분에 남편과 인터넷으로 한글 채팅도 할 수 있었고 영어도 어느 정도 할 수 있게 되었다.

이제 꾸준히 성실하게 잘해 나가면 되겠다고 생각했는데 헤쳐 나가야 할 문제가 더 있었으니 바로 산둥성 사투리였다. 직원들이 알아듣지 못할 사투리로 이야기를 하니 미칠 노릇이었다. 사투리를 알아듣기 위해서는 또 배워야 했다. 산둥성에 사는 사람들은 사투리를 사용하긴 하지만 표준어를 할 줄 모르는 것이 아니었다. 제주도 사람들이 서울말을 알아듣고 말할 수 있듯이… 하지만 표준어 발음도 정확하지 않은 나에게 사투리는 큰 어려움이었다. 서툰 나의 표준어 때문에 생산직에서 일하는 한족들은 수군거리기 시작했고 함께 일하던 조선족 직원들도 나에게 한 번씩 물어보기 시작했다.

"북녀씨. 어디서 왔어? 중국어가 너무 서투네. 중국 사람 맞아?"

그들이 물어볼 때마다 나는 중국의 조선족이며 연변에서 왔다고 둘러댔다. 연변(연길)에 사는 사람들의 중국어 발음이 서툴다는 것은 중국 내에서도 다 아는 사실이었다. 그리고 연변에는 조선족들이 많이 사는 곳이기도 했다. 나는 어떻게든 내 신분을 감춰야만 했다. 그들에게 북한에서 왔다고 말하는 순간 잡혀갈 수 있는 몸이었고. 그렇지 않더라도 짐 보따리를 싸서 야반도주해야 할지도 모르는 신세였다. 최대한 신분을 노출시키지 말아야 했기에 늘 그런 식으로 둘러대곤 했다. 사람들은 "그렇구나."라고 하면서도 의심하는 듯했다.

아슬아슬 살얼음판 속에서 일하던 어느 날 함께 일하던 자재 관리실 부하직원들과 크게 싸우게 되었다. 직급으로 따지면 내가 그들을 관리하는 관리자인데 그들은 그 회사에서 나보다 오래 일했다는 이유와 또 중국어를 잘 못하고 사투리도 못 알아듣는 나를 무시하며 그들 멋대로 행동하고 나에게 명령하는 식이었다. 처음에는 정말로 사투리를 알아듣지 못하여 그들이 나에게 하는 행동들이 왜 그런 것인지 몰랐다. 일하기 시작한 지 한 달쯤 되었을 때야 그들이 하는 사투리 대화가 나를 대놓고 무시하는 말이라는 것을 알게 되었다. 내가 하는 모든 말은 무시하고 그들 멋대로 하고 있다는 것을 그때야 알게 되었고 더 참을 수도, 참고 싶지도 않았다. 그래서 서툰 중국어로 그들을 향해 상사에게 그러면 안 된다고 단호하게 이야기했다. 하지만 그들은 나의 서툰 중국어 발음에 오히려 비웃음을 지으며 사투리로 비아냥거리기까지 했다. 화가 오를 대로 오른 나는 그들이 일하고 있던 책상을 뒤집어 버렸다.

"너희들이 뭔데 감히 나를 무시해? 난 너희들 관리자란 말이야! 사람을 앞에 놓고 지금 뭐 하는 짓이야?"

"…"

"하고 싶은 말이 있으면 내 앞에서 표준어로 당당하게 말해! 나도 다 알아들으니까. 어디서 감히 상사를 바보 취급해?"

화를 내면서 하는 중국말은 이상하게 평소보다 더 잘되었고 발음도 정확했다. 그런 순간에는 왜 중국어를 잘했을까? 지금도 아이러니다.

그렇게 불같이 화를 냈더니 함께 일하던 직원들이 하나같이 놀란 표정으로 나를 쳐다보았다. 그동안은 그저 웃지요 하면서 만만하고 멍청한 관리자로 생각했던 모양인지 화를 내는 내 모습에 적잖게 놀란 듯했다. 그러더니 그중 한 명이 나에게 다가와 표준어로 그런 게 아니라면서 변명 같은 말을 늘어놓았다. 사실 화낼 때는 몰랐는데 화를 내고 나니 가슴이 두근두근 진정이 안 되고 불안했다. '내가 미쳤나 봐! 이들이 나 신고하면 어떡하지? 중국어 못하는 사람이 있다고 신고하면 어떡하지?' 이런 불안이 엄습해 오면서 다리도 후들후들 떨렸다. 그래도 최대한 당당해 보이려 애썼다. 변명 같은 말이라도 해주는 그 직원 덕분에 떨고 있던 나도 조금씩 안정되는 듯했다. 잠시 후 나는 서툰 중국어로 다시 한번 그들에게 이야기했다.

"내가 너희들보다 중국어가 서툴다는 거 알고 있다. 사투리를 잘 알아듣지 못하는 것도 안다. 하지만 이런 취급 받으려고 관리자 된 건 아니다! 단지 중국어 잘 못하는 것뿐이지 내가 너희들보다 못하는 게 뭐가 있어? 너희들도 부러워했듯이 난 한국어도 잘하고 키도 너희들보다 커! 그래도 너희들 무시한 적 없잖아! 우리 다 같이 돈 벌어 잘 살려고 일하는 것이니까! 서로 도우면서 화목하게 잘 지내는 사무실이 되었으면 해!"

서툰 나의 중국어는 다행히도 그들에게 잘 전달이 되었다. 그 이후로 그들은 나와 대화할 때만큼은 표준어로 말하였고 더 이상의 다툼도 없었으며 이전보다 사이가 좋아졌다. 그때 나는 상사에게 조금 혼나긴 했지만 상사 또한 나의 이야기를 듣고 이해해 주었다. 그날도 나는 많이 울었다. 남들보다 못한 것 없고 남들보다 더 열심히 하는데 왜 나는 늘 이런 수모를 당해야 하고 이렇게 불안하게 살아야 하는 거지? 왜 나는 북한에서 태어난 걸까? 두근두근 대던 내 가슴과 후들후들 떨던 내 다리, 내가 너무 불쌍하고 안쓰러워 보였다. 그런 나를 위로해 주거나 알아줄 수 있는 사람은 그 어디에도 없었다. 내가 선택한 곳이었고 내가 선택한 일이었다. 이렇게 힘들고 아파 울고 있는 나를 내가 위로해 주었다. "많이 힘들었지? 많이 아프고 속상했지? 네 마음 내가 알아."라고 다독여 주었다.

중국에서 사는 내내 불안해하지 않은 날이 별로 없었다. 늘 불안하고 늘 조심해야 했다. 그때의 두려움과 용기는 나에게 떼어 놓을 수 없는 친구였다. 신분 때문에 다른 곳으로 자주 옮겨 다니다 보니 두려움도 많았지만, 더 많은 것을 배우게 되었고 더 많은 경험도 할 수 있었던 것 같다.

두려움이 나에게 '겁나지? 두렵지?'라고 속삭일 때마다 용기는 나에게 '괜찮아, 걱정하지 마! 또 부딪혀 보는 거야!'라고 말해 주었다. 나는 의류회사에서 조금 더 어른이 되어가는 듯했다. 일도 더 성실히 해나갔고 남들 눈에 부족해 보이지 않으려고 많은 노력을 했다. 그리고 회사에서 일하는 동안 많은 중국어와 사투리를 배웠다.

그렇게 일한 지 1년이 좀 넘었을 때였다. 그동안 잘 해낸 일이었지만 나는 그만 실수를 하고 말았다. 의류 생산에 들어가게 되면 필요한 모든 부자재는 바이어들이 원하는 것으로 사용하는 게 원칙인데 함께 일하던 직원이 색상만 보고 질이 다른 실을 생산라인에 넘겨 주었다. 미리 체크를 잘해야 하는 것이 자재관리담당이었던 내가 해야 하는 일이었지만 제대로 확인을 하지 못했다. 다른 실로 생산에 들어간 후에야 발견하게 되었고 발견 즉시 생산라인을 멈추고 상사에게 보고했다. 상사는 당연히 화가 났고 문제를 해결하기 위한 방법을 찾기 시작했다. 이런저런 어려움 끝에 바이어에게서 그 실로 해도 된다는 답변을 확인하고 나서야 안심하게 되었고 다시 생산을 하게 되었다. 그 일로 속상한 마음에 머리를 푹 숙이고 있던 나에게 회사 부장님이 다가와 다독여 주며 말했다.

"북녀씨. 앞으로는 조금 더 꼼꼼하게 하도록 하세요. 자재관리담당이라고 너무 만만하게 보면 안 돼! 그리고 초심을 잃어서도 안돼요. 부자재가 잘못 나가면 모든 것이 멈춰버리니까! 꼭 명심하고 다신 그런 실수하지 않도록 해요!"

실수투성이, 모르는 것투성이인 내가 한 발자국씩 자본주의 사회에 적응하는 과정에는 이렇게 많은 분이 나에게 도움을 주셨다. 힘들고 두렵던 시기도 많았지만 하나하나씩 부딪혀 나가다 보니 나날이 발전되고 달라지는 내 모습을 볼 수 있었으며 또 많은 경험을 해 나가고 있었다. 중국에서의 이런 경험들이 없었다면 한국생활에 적응하는데 아마 세 배는 힘들었을 것 같다.

가끔 그때의 두려움과 용기가 그리울 때가 있다. 두려워도 끝까지 해내려고 했던 그 용기가 지금은 무슨 이유인지 많이 부족한 듯하다. 경험은 그때보다 더 많이 했고 할 수 있는 것들도 더 많아졌는데 용기는 왜 그때보다 부족한지 나 자신을 한 번쯤 돌아봐야 할 것 같다.

너를 꼭 지킬 거야!

- C -

두만강을 건너 중국으로 갈 때 나는 어린 막냇동생을 데려오지 못했다. 앞서 이야기했듯이 동생이 너무 어려서 함께 할 수 없었다.

어린 동생은 청진에 있는 엄마에게 간다는 내 말만 믿고 영문도 모른 채 그렇게 우리를 기다리고 있었다. 엄마와 언니들이 없는 북한에서 동생은 혼자 여기저기 친척집을 전전하며 살고 있었고 엄마는 그런 막내 딸을 데려오기 위해 백방으로 브로커를 알아보고 있었으나 쉽게 연줄이 닿지 않았다.

국경 지역에 대한 경계가 이전보다 더 심해져 살벌해진 북한을 벗어나기란 쉽지 않았다. 더구나 어린 동생이 혼자 올 수 있는 길이 아니었기에 누군가의 도움이 없다면 거의 불가능한 일이었다. 그렇게 북한에서 혼자 떨어져 지내던 막냇동생은 힘든 시간을 버틸 수 없었기에 우리가 떠난 지 3년이 되던 해에 결국 혼자 중국행을 선택했다.

하지만 제대로 된 준비 없이 엄마와 언니를 찾아 나선 동생은 중국말을 몰랐기에 결국 중국에서 공안에게 붙잡혔고 다른 탈북민들과 함께 북송되었다. 북송된 사람 중 제일 어렸다고 한다. 그 당시 동생의 나이 겨우 13살 정도였으니까… 얼마나 두렵고 무서웠을까? 엄마와 언니들을 찾아 위험한 길을 떠났지만, 동생은 공안에게 붙잡혀 북송되었고 상상하기 힘든 고통을 겪었다(그때 얼마나 힘들었는지 우리 가족은 알고 싶어 했지만, 막냇동생은 그때의 일을 말하기도, 기억하고 싶지도 않다고 했다).

엄마는 막냇동생을 하루라도 빨리 데려오기 위해 매일같이 브로커를 알아보는 한편 안전한 루트를 찾고 있었다. 그런 노력 끝에 결국 동생을 데려올 수 있었고 두만강 근처에 있는 브로커가 있는 집까지 무사히 왔다는 소식을 받았다. 동생이 중국에 무사히 도착했다는 소식에 엄마는 나에게 전화가 왔다.

"북녀야. 동생이 중국에 왔다. 빨리 데려와야 하는데 네가 가야 엄마는 안심할 수 있다. 동생 무사히 데려올 수 있겠니?"

그때 내가 살던 곳은 중국 선양이었고 동생이 있는 곳은 기차를 타고 가도 하루가 걸리는 중국 연변 도문이라는 곳이었다. 먼 거리는 문제가 되지 않았으나 위험한 것은 도문에서 선양까지 오는 동안 수시로 검사하는 공안(경찰)이었다. 자칫 잘못하면 동생을 데리러 갔다가 나도 붙잡힐 수 있는 그런 상황이었다.

그래도 하나밖에 없는 동생을 꼭 데려와야만 했기에 이번에도 엄마는 맏이인 나에게 중요한 일을 맡겼다.

"엄마. 제가 동생 데리고 올께요. 금방 다녀 올 테니 걱정 마세요!"

"그래 북녀야. 엄마는 믿는다. 너는 잘할 수 있을 거다!"

1분 1초도 동생을 빨리 데리고 와야 한다는 생각에 제일 빠른 기차표를 샀고 내 마음은 이미 도문에 가 있었다. 도문에 도착한 나는 브로커 집으로 향했다. 어두운 곳에서 나오는 동생을 보는데 눈물이 흘렀다. 그동안 너무 많은 고생을 한 동생의 모습은 정말 보기 힘들 정도였다. 제대로 먹지 못해 몸은 비쩍 말라 있었고 거칠 대로 거칠어진 피부에선 수분이라고는 찾을 수 없었다. 가슴속에서 올라오는 울음을 꾹 눌러 참고 나는 동생을 데리고 기차역으로 향했다.

금방 탈북한 동생의 모습은 나서서 굳이 말을 하지 않아도 누구나 알 수 있을 정도로 북한사람이었다. 그대로 데려갈 수 없었던 나는 말라 버린 동생의 피부에 준비한 로션을 듬뿍 발라 주어 그나마 촉촉하게 해 주었고 또, 이쁜 옷으로 갈아입혔다. 그리고 동생에게 당부했다.

"진이야. 여기서 선양으로 가는 길은 단속이 심해서 아주 위험해. 언니가 너에게 중국말을 계속할 거야. 그러면 너는 그냥 쓰마?(그래요?) 하오하오!(좋아요 좋아!)라고만 해 알았지?"

"어. 언니가 시키는 대로 할 꺼다. 걱정 안 해도 된다!"

이렇게 다짐을 받고 나와 동생은 선양으로 가는 기차에 몸을 실었다. 선양으로 가는 기차가 출발하였고 기차 안에서는 탈북민으로 의심되는 사람들이 있는지 확인하려고 수시로 공안(경찰)이 지나다니고 있었다. 공안들은 기차 안을 다니며 의심 가는 사람이 있으면 중국말로 기차표 검사를 했다(실제로 그런 식의 단속으로 많은 탈북민이 북송되었다).

공안이 한 번씩 우리 곁을 지나갈 때마다 나는 동생에게 중국말을 걸었고 동생은 시킨 대로 중국말을 잘 해내고 있었다. 그렇게 안심하려는 순간 멀리서 공안이 동생의 모습을 보며 오고 있었다. 눈치 빠른 동생이 말했다.

"언니. 내가 붙잡히면 나 모른다고 해 알았지? 나는 괜찮아! 언니는 붙잡히면 안 돼!" 위험한 순간에도 오로지 내 생각만 하는 동생의 이 말을 들은 나는 눈물을 삼키며 동생에게 말했다.

"진이야. 언니 이제 너만 두고 안 가! 절대 붙잡힐 일 없으니까 언니만 믿어. 널 꼭 지킬 거야! 붙잡혀도 언니는 이제 너와 함께 갈 거야!"

공안은 곧바로 우리에게 다가오더니 기차표를 보여달라고 했다. 나는 유창한 중국말로 기차표를 내밀었고 동생의 모습을 훑어보고 있는 공안의 시선을 분산시키기 위해 동생에게 중국말을 했고 동생은 그런 나의 말을 알아들은 듯 정확한 발음으로 답했다. 짧은 순간에도 당황하지 않고 중국어를 기억해 낸 동생의 모습이 참 신기했다. 우리의 방법이 통한 것인지 아니면 그 공안이 착한 사람이었던 건지 기차표를 확인만 하고 돌아갔다. 동생과 나는 아슬아슬했던 그 위기의 순간을 재치있게 넘기고 안도의 한숨을 쉬며 서로 마주 보았다. 그리고 우리는 엄마가 계신 집에 무사히 도착했다.

그렇게 마냥 어린 줄만 알았던 막냇동생은 지금 한국에서 범사에 감사하며 그동안 못 했던 공부도 열심히 하고 모든 것에 최선을 다해 살고 있다.

남남이와 북녀

- C -

우리 부부는 남남북녀 커플이다. 한국에서 만난 남남북녀가 아닌 내가 중국에 있으면서 인터넷 MSN 메신저로 만나 인연을 맺은 아주 특별한 남남북녀이다. 한국에 사는 남녀가 인터넷으로 만나 결혼하는 경우도 특별하다고 하는데 나와 남편은 한반도의 가장 위쪽 함경북도와 가장 아래쪽 전라남도에서 태어나 인터넷으로 만났다. 한반도 지도로 보면 북한의 가장 북쪽 끝과 남한의 남쪽 끝이다. 우리 커플처럼 이런 인연이 과연 있을까?

우리 부부가 인터넷으로 처음 만난 시기는 2004년도 겨울이었고 지금의 카카오톡처럼 그 당시에는 싸이월드와 MSN 메신저가 활발하게 사용되던 시기였다. 칭따오에 있는 한국의류회사에서 일하던 나는 회사에서 컴퓨터를 배우며 MSN 메신저를 처음 접하게 되었고 그때 남편을 알게 되었다. 인연이 되려고 그랬는지 남편이 처음 친구 추가

하여 대화했던 사람은 내가 아니라 나와 함께 일하던 직장동료였다. 나와 제일 친한 동료였는데 그 동료가 나에게 "한국 남자와 채팅 한번 해 볼래?"라며 소개해 준 사람이 바로 남편이었다. 처음 우리는 메신저로 서로 안부도 주고받으면서 가벼운 대화를 나누기 시작했다. 그러던 어느 날 메신저로 대화하던 중 남편이 나에게 중국에서 사는 거 맞냐고 묻는 것이었다. 메신저를 하면서 한글 타자도 칠 줄 알았고 한국말을 하는 내가 전혀 중국인 같지 않았던 모양이다. 그러더니 정말 중국에 사는지 확인하고 싶다며 나에게 전화번호를 물었다.

"진짜 중국에 산다니까요!"

"그럼 핸드폰 번호 알려줘요! 내가 전화할 테니."

"왜요? 중국 사람이 아니면 달라져요? 혹시 나쁜사람 아니에요?"

"서로 목소리 정도는 듣고 지내면 좋잖아요! 그러니 알려 줘요!"

"그래요! 알려 줄게요. 130-2222-2222이에요."

남편과 MSN 메신저로 투닥투닥 하다가 결국 나는 핸드폰 번호를 주었다. 다음날, 잠에서 깨지도 않은 이른 아침에 핸드폰 벨이 울렸다.

"여보세요?···"

"혹시 북녀님 맞나요?"

"네 맞는데. 누구시죠?"

전화기 너머로 들려오는 남편의 첫마디는 바로 "오! 진짜 중국이네!"였다.

"저는 한국에 사는 최남남이라고 합니다! 어제 저랑 메신저로 채팅도 했었는데."

"아!~ 네…"

'어머. 이 남자 진짜 전화했네?'

처음 그렇게 남편과 통화하게 된 나는 안부 인사와 간단한 몇 마디 이야기를 주고받았고 전화를 끊고 나서 동료들에게 큰 소리로 말했다.

"얘들아, 한국 남자에게 정말 전화 왔어!"

기숙사에서 함께 생활하던 회사 동료들이 나의 큰 목소리에 벌떡 일어나 물어보기 시작했다.

"정말? 너랑 채팅하던 그 한국 남자가? 뭐래? 목소리는 어때?"

"혹시 늙은 아저씨 아니야?"

"이상한 말 하면 연락하지 마! 바람둥이면 어떡해!"

회사 동료들은 지금 당장 전화 속 남자와 무슨 일이라도 생길 것 같았는지 나에게 걱정 반, 부러움 반의 말을 한마디씩 해 주었다. 전화 속 그 남자를 향한 의심이나 나를 향한 걱정은 당연하였다.

남편을 인터넷으로 처음 알게 되었지만 채팅으로 만난 남자와 결혼하게 될 줄은 꿈에도 생각해본 적이 없었다. 그 후에도 별다른 감정이나 남녀에 대한 깊은 생각 없이 남편과 메신저로 대화를 계속 이어 나가면서 서로에 대해 조금씩 알아가고 있었다. 나에게 남편은 외롭고 두려운 환경 속에서 만나 말 친구가 되어준 든든한 오빠였다. 물론 남편에게는 북에서 온 탈북민이라는 것은 말하지 않은 상태였다. 말해야 할 이유가 없었고 또 말하고 싶지 않았다. 이 글을 쓰면서 그때 말했더라면 우리 둘 운명은 어떻게 바뀌었을까?라는 생각을 해 보았다.

그렇게 서로 하루하루 일상생활 간에 있었던 일도 이야기하면서 알고 지낸 지 2년이 지난 시점이었다. 인터넷으로만 연락 주고받으며 지내던 사이였는데 어느 날 남편이 나에게 청혼을 했다. 갑작스럽게 결혼하자고 하는 남편의 이야기를 들은 나는 생각지도 않은 말에 놀랍고 당황스러워 뭐라고 말을 할 수가 없었고 두렵고 의심스러운 마음이 앞섰다. '아니 결혼이라니? 인터넷으로 만났는데 뭘 믿고 결혼하자는 거지?' 남편은 매일 결혼 이야기를 꺼냈지만 나는 남편에게 선뜻 대답할 수가 없었다. 중국 생활이 두렵고 불안정하긴 했지만, 어느 정도 적응해 가고 있었고 무엇보다 신분도 확실하지 않은 나에게 결혼이라는 것은 아주 먼 나라의 이야기였고 한국으로 가서 산다는 것은 상상할 수도 없는 일이었다. 불안정한 내 신분으로 결혼이라는 것은 지금 당장 생각할 수 있는 문제가 아니었다. '제일 중요한 신분조차 제대로 없는데 어찌 결혼해?'라는 생각이 더 강했고 인터넷으로 만난 남자에게 그렇게 쉽게 대답할 수 있는 문제 또한 아니었다.

그때 내가 남편에게 해야 했던 말은 아마도 "우린 만나면 안 돼요!"라는 말이었을 것이다. 하지만 그런 말도 꺼내지 못하고 갈팡질팡하는 사이 시간은 계속 지나갔고 남편은 나에게 끈질기게 재촉하고 있었다. 그런 남편에게 어떤 말이라도 해야 했기에 최대한 서로 상처받지 않을 방법을 찾아야겠다는 생각이 들었다. 며칠을 고민한 끝에 나는 남편에게 이야기했다.

"오빠. 결혼하려면 돈도 많이 들고 필요한 서류도 많아. 그런데 난 결혼할 준비가 하나도 안 돼 있어. 그래서 나는 당장 결혼할 수가 없어."

돈 이야기와 귀찮은 서류 이야기를 하면 남편이 나와의 결혼을 다시 한번 생각해볼 것 같았다. 나의 이야기를 듣고 난 후 남편은 "그래? 얼마나 필요한데? 결혼 비용과 한국에 오는 비용 많이 들어?"라고 물었다.

"응. 800만 원."

결혼 비용이 얼마가 드는지? 어떤 서류가 필요한지? 나도 알지 못했다. 결혼하자고 재촉하는 남편을 포기하게 만들려던 내 생각에서 나온 말이었고 그냥 부른 숫자였다. 8이라는 숫자는 중국에서 행운의 숫자로 많이 쓰였고 그래서 내가 좋아하는 숫자이기도 했다. 한 치의 망설임 없이 그냥 부르기 좋은 숫자를 부른 것뿐이었다.

실제로 한번 만나보지도 않았고 또 서로 아는 것이라고는 이름과 나이 그리고 직업뿐이었다. 그렇기에 남편에게 부담감을 주면 자연스럽게 헤어지게 될 것으로 생각했다. 하지만 그런 내 생각을 남편은 화끈하게 뒤집어 버렸다.

"알았어! 그 돈 내가 보내줄게!"

"엥? 뭐라고?"

"보내준다고!"

남편은 무슨 말인지 이해했으니 계좌번호를 알려달라고 했고 그 후 1시간 만에 800만 원이라는 돈을 보냈다. 돈에 끌린 건지 돈을 한 번에 보내준 남편에게 끌린 건지 나 또한 깊게 생각지도 않고 받게 되었다. 2006년 그 시기 한국 돈 800만 원이면 중국에서는 아주 큰돈이었는데 그렇게 큰돈을 보낸 남편이 살짝 제정신이 아닌 것처럼 느껴졌다. 돈이 입금된 것을 확인한 후에야 이 사람 혹시 어디가 아픈가? 어디 문제 있는 사람인가?라며 별의별 생각을 다 했었다. 하지만 직업이 군인이었던 남편을 더는 의심할 수가 없었다. 직업도 확실하고 비록 인터넷이라는 매개체로 이어온 인연이지만 남편이 나에게 보여주었던 것들은 진실한 신뢰와 믿음이었다.

고민 끝에 나는 결심했다. 단 한 번의 만남조차 없었던 나를 믿고 이렇게 선뜻 돈까지 보내준 이 남자와 왠지 결혼해야 될 것 같았다. 이런 남자가 내 곁에 있다면 마음이 든든할 것 같았다. 그렇게 헤어질 생각으로 한 말이 오히려 결혼 결심을 하게 만드는 계기가 되었고 얼떨결에 800만 원의 프러포즈를 받고 결혼을 승낙하게 된 셈이었다.

'나 어쩌려고 이 사람한테 결혼하겠다고 한 거지?' 막상 결혼하겠다고 말해놓고 보니 어떻게 될지 모르는 위험천만한 일들이 나를 기다리고 있었다.

'나의 어마어마한 과거와 현재를 안고 이 남자와 함께 미래를 만들어 가야 하는데 나 이렇게 해도 괜찮을 걸까? 북한 사람이라는 말은 언제 해야 하는 걸까? 언젠가는 북한에서 왔다는 말을 하겠지만 지금은 아니야!'라며 남편과 함께 하는 순간들을 깨고 싶지 않은 마음에 자신을 합리화하고 있었다.

사람과 사람이 합쳐진다는 것은 그렇게 단순한 것이 아닌데 과연 옳은 선택을 한 것인지 고민이 되고 두려운 순간이기도 했다. 그럼에 도 나는 또 어떤 선택이든 해야 했고 내가 선택한 것을 믿고 그 선택 에 책임을 지고 헤쳐 나가야 할 일들과 마주하게 되었다. 결국 내가 한 선택은 남편과 함께 미래를 만들어 가는 것이었고 불안한 중국 생 활에 종지부를 찍는 것이었다. 하지만 남편에게로 가는 길은 지금까 지 내가 이겨 냈던 것들과는 완전 차원이 다른 것이었다. 특히 엄마의 반대가 심했다. 엄마는 잠시 미쳐서 정신이 나간 거라며 절대 안 된다 고 했다.

"북녀야. 미치지 않고서야 어떻게 인터넷으로 만난 남자랑 결혼 한다니? 너 정신이 있니? 없니? 그 사람이 어떤 사람인지도 모르면서 어떻게 결혼한다는 거야? 부모도 안 계신다면서… 이상한 사람이면 어쩌려고 그러니?"

엄마가 걱정하며 화를 내는 것은 당연한 것이었다. 인터넷으로 알 게 되었고 단 한 번도 만나 보지 않은 남자와 결혼을 하겠다고 하는데 어떤 부모가 괜찮다고 할까? 하지만 난 절대 포기할 생각이 없었기에 엄마에게 말했다.

"엄마. 걱정하지 말아요! 좋은 사람이라구요. 믿을 수 있는 사람이 라고요! 공항에서 딱 보고 이상 있으면 한국으로 다시 돌려보낼게요!

손가락이 없어도 돌려보내고 키가 작아도, 말을 더듬어도 돌려보낼게요. 그럼 되죠?"

엄마는 나의 이야기를 듣고 말이 되는 소리냐며 화를 내셨다. 그러나 자식 이기는 부모가 어디 있을까? 위험한 걸 뻔히 알면서 목숨 걸고 한국 남자와 결혼하려는 무모한 딸을 막을 길은 없었다. 결국 엄마는 모든 것은 내가 선택한 것이니 잘 살아도 못 살아도 원망하지 말라며 나의 결정을 어렵게 받아들였다. 그리고 둘이 하나가 되는 과정을 밟기 위해 남편도 중국에 있는 나를 만나러 선양으로 오기로 했다.

남편과 알고 지낸 지 대략 2년 3개월 정도 되었지만, 실제 모습이 아닌 모니터 속의 모습만 봤었고 둘이서 직접 손잡고 데이트 한번한 적 없었는데 실제로 만난다면 어떤 모습일지 매우 궁금하고 설레었다. 남편은 내가 있는 중국으로 오기 위해 10일이라는 결혼 휴가를 받고 한국에서 출발했다고 알려 주었다. 나는 처음 만나게 될 나의 남자를 마중 나가기 위해 내가 할 수 있는 최고의 꽃단장을 하고 선양공항으로 향했다(지금에서야 하는 말이지만 그때 나의 꽃단장이 얼마나 촌스러웠는지 한국의 젊은 여성들을 보고 알게 되었다…). 공항으로 가는 내내 마음속에는 꽃바람이 불어와 설레었고 떨렸다. 남편과 만날 시간이 다가올수록 나의 심장은 더욱 세게 뛰었다. 쿵! 쿵! 쿵!

드디어 2006년 7월 우리는 중국 선양공항에서 처음 만났다. 처음 만나 서로 마주 보며 웃는 우리 모습은 정말 어색했다. 그 어색함을 깨기 위해 남편은 나의 볼을 살짝 꼬집으며 말했다.

"음. 피부가 왜 이래? 얼굴에 뾰루지가 많네."

처음 보는 자리에서 여자의 얼굴에 대해 말하는 남편을 보며 한국 남자는 센스 있을 거라고 생각했던 것을 취소하기로 했다.

공항에서 집으로 함께 돌아온 남편과 나는 엄마가 정성껏 준비한 음식을 먹으면서 그동안 못 다한 많은 이야기를 나눴다. 남편과 나는 처음으로 만나 한 번도 잡아 보지 못했던 손도 잡아 보았고 작은 결혼식과 함께 첫날밤도 보냈다. 앞으로 나는 오로지 이 남자와 함께 미래를 만들어 가야 한다. 그리고 자유를 찾아, 사랑하는 남자와 더 나은 미래를 만들기 위해 또 한 번 내 목숨을 내놓아야 하는 순간이 온 것이다. 그래도 가야 한다는 생각뿐이었다. 아무런 대가 없이 나를 사랑해 준 이 남자와 함께 하고 싶었고 의지하고 싶었다. 어떤 일들이 나를 기다리고 있을지 알 수 없었지만 앞으로 나아가기로 했다. 남편에게 가기 위해 한 발자국 또 한 발자국… "그래, 또 부딪혀 보는 거야!"

나는 남편에게로 가기 위해 다시 한번 위험한 여정에 목숨을 걸었다. 그때 남편에게 상처를 주어 헤어지게 하는 그런 나쁜 여자가 되기 싫어서 했던 그 말이 이렇게 남편과의 소중한 인연이 되었다. 그러나 함께 사는 동안 진짜 나쁜 여자가 되어 남편을 고생만 시킨 것 같아 미안한 마음뿐이다.

결혼 후 함께 살면서 나는 남편에게 물어보았다.

"아니 그때 만나 보지도 않은 나에게 어떻게 그 큰돈을 보낼 생각을 했어?"

남편의 대답은 그때나 지금이나 한결같다.

"자길 믿었으니까 보냈지!"

이 말을 들을 때마다 마음속으로 행복한 웃음을 짓는다. 그러면서 또 농담 섞인 말로 경고도 함께 한다.

"음… 이제 그렇게 아무한테나 돈 막 보내고 그러지 마. 그러다 나쁜 사람 만나면 어쩌려고 그래!"

"이제 그럴 일 없으니 걱정 마웅!"

가짜 여권

- 𝒞 -

    남편과 인터넷으로 서로를 알아가고 있던 그 시기에 나는 간단하게 얼굴 확인만 되던 300위안짜리 가짜 신분증에서 신분 조회를 해도 아무 문제 없는 신분증으로 바꾸어 살고 있었다.

    중국은행에서 통장도 만들 수 있는 진짜 같은 가짜 신분증을 중국 돈 1만 위안을 주고 만든 지 1년 정도가 되었던 때였다. 그 당시 중국에는 북한 사람들에게 중국인이 사망하여도 신고를 하지 않아 말소가 되지 않은 호적을 파는 사람들이 있었다. 그렇다고 쉽게 브로커와 연줄이 닿는 것은 아니었지만 다행히 새아빠와 엄마가 여기저기 밤낮없이 알아본 결과 나와 비슷한 연령의 호적이 있었다. 언제 어떻게 될지 모르는 우리의 안전이 늘 걱정이었던 엄마는 어떻게 해서든 브로커를 찾아 무조건 그런 호적을 만들어 주리라 생각하고 계셨던 분이었다. 그렇게 자나 깨나 우리 생각뿐이었던 엄마는 이번에도 우리 집의 장녀였던 나에게 먼저 호적(돈을 주고 만든 가짜 호적)을 만들어 주었다. 그러나 비싼 돈을 주고 만든 신분이라고 할지라도 전산에 언제든 사망신고가 되어 발각될 수 있는 가짜였기에 불안함은 여전했다. 그런 불안이 있었는데도 어떻게 남편과 결혼하겠다고 800만 원을 받았을까? 무슨 생각으로 그랬을까? 그것은 마음속 깊은 곳에 숨어 있는 안전에 대한 두려움과 불안 속에서 벗어나고 싶은 나의 마음이 너무 간절했기 때문이었다.

한국으로 가기 위해 제일 먼저 만들어야 하는 것은 여권이었고 여권을 만들기 위해서는 탈북민들이 제일 두려워하는 그곳, 가면 안 되는 중국 공안국(경찰서)에 꼭 가야만 했다. 실제로 만나 제대로 된 데이트도 한번 해 보지 않은 나에게 덥석 돈부터 보낸 내 남편도 제정신이 아니었지만, 돈을 보낸 남자에게 가려고 하나밖에 없는 목숨을 걸고 있는 나 자신도 제정신이 아닌 것은 마찬가지였다. 나는 나의 이런 무모한 계획을 엄마에게 통보했고 엄마는 나의 이야기를 듣더니 안 된다고 난리 치셨다.

"야! 너 정말 미쳤구나. 신분증 만든 지 이제 1년도 안 됐다. 여권 만들다 상세조회라도 들어가면 너 그 자리에서 붙잡혀 간다. 미친 거 아니니? 조금만 더 있다 가라!"

"엄마! 위험한 건 아는데 나 이제 이렇게 불안하게 살기 싫어요. 한국에서 자유롭게 살고 싶고 이 남자랑 꼭 살고 싶어요!"

"가더라도 지금 말고 조금 더 있다 가라는 건데 뭐가 급한데?"

"엄마. 저 정말 지금 꼭 가고 싶어요! 그냥 내가 알아서 할 테니 걱정 말아요!"

"그래… 너 죽던지 살던 지 마음대로 해라. 네가 언제 엄마 말을 그렇게 고분고분 들은 적 있니?"

엄마는 나를 걱정하는 마음에 화를 내면서도 불안한 마음에 울먹였다. 전화기 너머로 엄마의 걱정과 불안은 나에게 고스란히 느껴졌다. 그런 엄마의 마음을 모르지는 않지만, 그때는 이미 남편도 서류를 준비 중이었기에 그만두자고 할 자신도 없었다. 헤어질 자신은 없으면서 어떻게 여권을 만들겠다고 가짜 신분증을 들고 공안국으로 갈 생각은 했을까? 지금 생각하면 소름이 끼칠 정도이다. 그때 내가 붙잡혀 갔더라면… 상상하기도 싫은 순간이다. 이 남자와 미래를 꼭 함께하고 싶은 나의 확고한 마음과 더 이상 불안하게 살고 싶지 않았던 나의 절실함이 그 두려움을 이긴 건 아닐까?

나는 일단 여권을 만들기 위해서 하나하나 절차를 밟기 시작했다. 한국에서 남편이 보내준 서류들은 한국 비자를 받는 데 필요한 서류들이었고 그전에 필요한 중국 여권을 만드는 것은 오로지 내 힘으로 해내야만 하는 것이었다(한국은 여권을 만들 때 여권 사진을 사진관에서 찍은 것으로 가져가 각 시청이나 군청에서 발급을 받지만, 중국은 여권 사진이며 여권 관련된 모든 민원접수를 공안국에서 한다). 여권발급은 물론 여권사진 촬영도 모두 공안국에서 처리하고 있었고 여권발급을 위해 내가 가지고 가야 하는 서류도 중요한 가족관계가 나와 있는 호구 등록증과 신분증이었다. 그때 나는 가짜 신분으로 아는 지인분의 가족관계에 입양된 딸로 등록돼 있었다. 자칫 잘못되면 자신의 가족관계등록부에 입양 등록시켜 준 고마운 분들께도 해가 될 수 있었다. 그런 위험한 상황이었음에도 그분들은 적극적으로 나를 도와주셨다. 나는 그분들에게서 호구 등록증을 받아 여권을 만들기 위해 공안국으로 출발했다. 공안국으로 가는 버스 안에서 아무런 생각을 하지 않으려 창 넘어 바깥 풍경만 의미 없이 바라보았다.

어느덧 버스는 터미널에 도착하였다. 안 되면 어쩌지? 잡히면 어쩌지? 이런 불길한 생각을 할 시간조차 나에게 주지 않고 곧바로 공안국으로 향했다. 생각을 백 번 한들 뭐가 달라질까? 가 보지 않으면 알 수 없는 길을 생각을 한다고 알 수 있는 것은 아니었다. 막상 도착하고 나니 그때부터 심장이 또다시 조여 오는 듯했다. 무시무시하고 위험한 상황에서 몇 번이고 고통받아 온 나의 심장! 그날은 그 어떤 날보다 더 조여 오는 것 같았고 아픔까지 느껴졌다. 두 다리 역시 떨고 있는 건 마찬가지였고 내 몸의 모든 신경과 근육들이 초긴장 상태에 있다 보니 몸 전체를 바늘로 찌르는 듯 통증까지 느껴졌다. 그래도 공안 앞에서는 아무일 없다는 듯 의연한 척 해야만 했고 물어보는 중국어에도 능란하게 대답해야 했다. 그곳은 평일임에도 여권을 만들려고 온 사람들로 북적였고 그 속에서 나도 차례를 기다리고 있었다. 초조하고 떨리는 마음으로 긴장하며 기다리고 있었는데 드디어 여권발급 담당 공안이 나의 이름을 불렀다.

"여기 앉으세요. 어디서 오셨나요? 이름과 주소를 말해 보세요!"

"네. 저는…"

중국 말을 제대로 못 하면 의심할까 두려워 나는 며칠 전부터 계속해서 개인 신상에 관해 중국어 발음 등 열심히 준비하고 외웠다. 그런 노력 덕분에 떨지 않고 자연스럽게 말할 수 있었다. 공안의 질문은 계속 이어졌다.

"여권은 왜 만드는 거예요? 여권 만들어서 어디 가려는 거예요? 부모형제는요? 학교는 어디까지 졸업하셨나요? 한족이에요? 조선족이에요? 몽골족이에요?"

질문을 한 번씩 받을 때마다 긴장 상태가 되었고 제대로 대답을 못할까 봐 두려웠다.

"여권 만들어서 남자친구 있는 한국으로 가려고 해요."

나의 이야기를 들은 공안은 웃으면서 말했다.

"아! 한국 남자랑 결혼하려는 거구나."

"부모님은 안 계셔요. 학교는 고등까지… 조선족이라서 표준어가 서툴러요."

공안은 또 여기 주소로 언제 입양됐는지, 그리고 몇 살 때 부모님이 돌아가셨는지 물어보았다. 그 전날 나를 가족관계에 입양 등록해 주신 분들이 열심히 세뇌를 시킨 덕분에 외운 그대로 답하였다. 다행히 내가 전혀 알아듣지 못할 단어들이 나오진 않았고 바로바로 답할 수 있는 그런 단어들이었다. 또 대화가 어려운 부분이면 나는 꼭 중국어로 "그 뭐더라…"라는 식으로 말했다. 1:1심문조사 같은 방식의 여권 신청 접수가 끝나고 사진을 찍을 시간이 왔다. 사진을 찍을 때에서야 비로소 공안도 그냥 평범한 일반인이 되어 나에게 말을 걸었다.

"조선족들은 대부분 키가 작던데 키가 크네요? 누가 소개해 줬나요?"

"네. 감사합니다. 남자친구는 내 친구가 소개해줬어요"

여유로운 모습을 보여주는 공안의 보면서 나 또한 살짝 안심되었다. 그럼에도 긴장의 끈을 놓을 수 없었던 건지 내 몸은 여전히 긴장되었고 불안해 보였다. 공안국 안에서 공안과 중국말로 대화를 해야 한다는 것만으로도 불안하고 두려웠기에 이런 긴장된 상황에서 빨리 벗어나고픈 생각뿐이었다.

"이제 사진 촬영 다 끝났고 접수도 됐어요. 보름 정도 걸릴 거예요."

드디어 여권 신청이 무사히 끝났다. 호랑이 굴에 들어가도 정신만 똑바로 차리면 된다던 속담이 생각나는 순간이었다. 여권 발행 신청을 모두 마치고 나오는 나의 온몸은 말 그대로 만신창이었다. 후들거리던 다리에는 힘이 하나도 없었고 바늘로 찌르는 듯하던 몸의 신경들은 너무 긴장한 탓인지 온몸이 저리기 시작했다. 그때 어떻게 그곳을 나와 택시를 탔는지 지금도 잘 기억나지 않는다.

그러나 여권 신청 접수가 끝났다고 해서 끝난 게 아니었다. 중국은 여권을 신청해도 발행하기 전까지 모든 호적을 조사하여 신분상에 무슨 문제가 없는지 확인하는 절차가 꽤 복잡하고 꼼꼼했다. 이제 나는 모든 것을 하늘에 맡기고 여권이 아무 문제없이 무사히 발급되기를 기다리는 수밖에 없었다. 엄마도 걱정이 되었는지 전화가 걸려 왔다.

"어떻게 됐니? 신청은 했니? 의심은 하지 않더니?"

"응… 엄마 너무 무섭고 떨렸는데 다행히 아무 일 없었어요."

"아유~ 다행이다. 정말 다행이야. 엄마는 너 때문에 마음 졸이느라 심장병 걸리겠다."

엄마도 아마 나와 똑같은 심정으로 기다렸을 것이다. 나는 그렇게 또 엄마에게 마음고생을 시켜드렸다. 그 이후로 나와 엄마는 여권이 나올 때까지 매일 기도하기로 했다. 내가 할 수 있는 것은 기도뿐이었다. 그렇게 보름이 지났지만, 여권이 발급되지 않았다. '어떻게 된 거지? 혹시 탄로 났나? 어떻게 해야 하지? 무슨 일이지?' 불안한 마음에 나는 별의별 생각이 다 들었지만 두려워서 여권 신청을 한 공안국에 전화를 걸어 물어볼 수도 없었다. 확인 전화했다가 오히려 잘못될까 봐 이러지도 저러지도 못하고 답답한 시간을 보내면서 마냥 기다리기만 했다. 엄마는 매일 새벽마다 마을 교회에 나가서 무릎 꿇고 기도했다.

"하나님! 제발 여권이 무사히 나오게 도와 주세요! 힘들게 여기까지 데리고 온 내 딸 한국 갈 수 있도록 여권이 무사히 발급되게 도와 주세요. 하나님이 보호해 주셔야 해요. 큰딸이 안전하게 한국으로 가서 행복하게 살 기회를 주세요. 간절히 바라오니 제발 도와주세요!"

엄마는 그때 울면서 기도했다고 한다. 그런 엄마의 간절함을 하나님도 들으셨는지 여권을 신청하고 엄마가 기도한 지 꼭 한 달 만에 여권이 발급되었다는 연락을 받았다. 나는 그날 바로 장거리 버스에 몸을 싣고 여권을 찾기 위해 공안국으로 갔다. 내 손에 여권이 들어오기 전까지는 마음을 놓을 수가 없었기에 잔뜩 긴장을 한 채로 공안국 안으로 들어갔다. 그때 여권 사진을 찍어 주었던 공안이 나를 기다리고 있었다. 표정을 보아하니 별문제는 없는 듯했다.

"안녕하세요. 여권 찾으러 왔어요."

"아. 그 조선족 아가씨네? 여권 나왔어요. 이리 와서 사인하고 받아 가세요."

"네…"

여권을 받고 재빠르게 돌아서서 나오려는 순간 공안이 나에게 의미심장한 말을 해 주었다.

"여권이 대부분 다 보름이면 나오는데 아가씨 여권은 좀 더 걸렸어."

"네?!"

"그게 알아보니까. 아가씨 호적에 문제가 있다고 확인이 필요하다고 하더라고. 그래서 내가 여기서 다 확인 절차 제대로 끝낸 거라고 말했지. 그것 때문에 발급이 좀 늦어진 거야."

"아. 그래요? 감사합니다."

"아니. 가끔 그렇게 이상하다고 할 때가 있거든. 전산에는 아무 문제 없는 것 같은데 말이야! 여권 잘 나왔으니 이제 남자친구 만나러 한국 잘 다녀와요. 한국말 잘하는 것이 참 부럽네."

공안의 말을 듣고 나는 속으로 정말 기적 같은 일이 일어났다는 생각이 들었다. 자칫하면 호적을 문제 삼아서 발급이 안 되는 것은 물론 오히려 잡혀갈 상황이 될 수도 있었는데 그 경찰관의 말 한마디로 나의 여권은 아무 문제 없이 심사 통과된 것이다. 하나님께 감사했고 그분께 감사했으며 나를 위해 매일매일 기도해 준 엄마에게 정말 감사했다. 그분에게 감사하다는 말을 여러 번 드리고(그 공안은 왜 내가 고맙다고 여러 번 인사하는지 몰랐겠지만.) 나는 더 가고 싶지 않은 그곳, 아니 더 갈 일 없는 그곳을 재빨리 빠져나와 집으로 가는 버스에 몸을 실었다. 버스 안에서 여권 속에 내 사진을 들여다보았다. '이게 뭐라고… 남들은 쉽게 발급받는 여권을 나는 이렇게 목숨 걸고 발급받아야 한다니' 서러운 마음에 눈물이 자꾸 흘러나왔다. 이제 더 위험한 경험은 하고 싶지 않았지만, 남편에게 가는 여정은 아직도 위험천만한 일들로 가득했다. 그래도 가야만 했다. 나를 기다리는 사람이 한국에 있으니까, 미래를 같이하겠다고 약속했으니까!

『내가 한국으로 입국한 지 약 1년 뒤 중국에서는 대대적으로 호적에 대한 조사가 이뤄졌고 그 당시의 내 호적이 가짜임이 발각되어 나를 입양 등록해 줬던 사람들이 경찰서에서 고된 조사를 받는 피해가 있었다. 그때 남편을 만나기 위해 목숨 걸고 한국에 오지 않았다면 아마 나는 오히려 중국 공안에 잡혀서 북송되었을 것이다. 이렇듯 그때 목숨을 걸었던 위기가 오히려 나에게는 구사일생의 기회가 되었다.』

한국 비자

- *C* -

중국 여권을 아슬아슬하게 발급받은 후 내가 넘어야 할 산은 또 있었다. 그것은 바로 한국 비자를 발급받는 것이었다. 한국 대사관으로 가는 길은 전혀 두렵거나 긴장하지는 않았다.

한민족이라는 생각 때문이었을까? 아니면 같은 언어를 사용하는 것 때문이었을까? 여권 발급받으러 갈 때만큼 긴장하지도 않았고 여권 발급 후 나의 마음은 전보다 한결 가벼워진 것 같았다. 그런데도 내가 생각하지 못했던 문제들은 항상 나를 기다리고 있었다. 애초에 내 것이 아닌 남의 것을 사용하고 있는 것부터가 잘못된 것이었으니 어느 것 하나 쉽게 될 수 없었다. 무조건 안전이 우선이었던 나에게 남의 것과 내 것을 가려 살아갈 수 있는 선택 또한 없었다. 가짜 호적마저도 없었다면 나는 정말 그 어디에도 발을 붙이고 살 수 없었기 때문이다. 중국 땅이 아무리 크고 넓어도 내가 마음 편히 갈 수 있는 곳은 단 한 곳도 없었기에…

　나에게는 가짜로 인한 문제보다는 안전하게 사는 것이 더 절실히 필요했다. 그렇게 시작된 나의 가짜 신분은 어딜 가든 의심을 받았다. 그래도 한국 대사관에서 비자 받는 것만큼은 쉬울 것으로 생각하고 남편이 보내 준 초청 서류들과 신분증, 여권, 호적등본을 가지고 대사관으로 갔다. 대사관 밖에는 한국 비자를 발급받기 위해 아침 일찍부터 줄을 서서 기다리는 사람들이 많았다. 나도 그들과 함께 대사관의 문이 열리기를 기다렸다. 오전 9시가 되니 대사관 문이 열리고 대사관을 지키고 있던 보안 경찰들에게 신분증을 제출하여 확인받은 후 들어갈 수 있었다. 대사관 안으로 들어간 나는 안내원의 안내에 따라 비자 신청서를 작성하고 창구에서 기다리는 동안 안내원이 나에게 말을 걸었다.

　"왜 비자를 본인이 직접 신청했어요? 여행사에 돈 주고 맡기면 알아서 다 해 주지 않나요?"

　"아! 네 제가 시간이 되어서 직접 하려고 왔어요."

　사실 말은 그렇게 했지만, 여행사에 돈 주고 맡기는 것이 더 불안했던 나였다. 가짜 신분이라서 어떤 상황이 생길지 몰라 여행사 직원들에게 맡길 수 없었다. 얼마 지나지 않아 나의 순번이 되었고 비자 발급 신청서를 창구로 내밀었다. 대사관 직원들은 한국말을 하고 있었고 비자 발급 신청을 받고 있던 직원은 내가 준비해 온 서류들을 꼼꼼히 체크하더니 몇 가지 질문을 하였다.

"한국에는 왜 가시려는 거죠?"

"네. 한국 남성과 결혼하게 되어서요. 그곳에서 살려고 해요."

"결혼하시는 거 맞아요?"

"네. 맞습니다."

"한국 남성분이랑 사귄 지는 얼마나 되신 거예요?"

"2년 6개월 정도 되었습니다."

대사관 직원은 몇 가지 추가 질문 후 나에게 비자 발급이 되기까지의 소요 시간은 약 한 달 정도 걸린다고 하였다. 한국으로 가려는 사람들이 워낙 많아서 비자 발급에 시간이 걸리기도 하였지만 결혼 비자에 관련하여 확인하는 절차가 있어서 그 정도 걸린다고 하였다(그 당시 중국인들이 돈을 벌기 위한 목적으로 한국행 위장 결혼을 많이 하여 사회적으로 문제가 되었다).

나는 비자 발급 접수증을 받고 대사관을 떠났다. 대사관에서는 아무런 문제 없이 잘 마무리가 되어가는 듯하여 마음이 놓였다. '하… 이제 정말 한국 비자만 잘 받으면 갈 수 있는 건가? 안전하게 살 수 있는 거겠지?'

나는 한 달만 기다리면 된다는 소식을 남편에게 전화로 알려 주었다. 남편은 "한 달만 기다리면 우리 자기 볼 수 있는 거네? 좋아!"라며 무척 기뻐했다.

남편과 함께 미래를 같이하기 위한 과정이 순탄치만은 않기에 어느 순간부터 이 남자와의 모든 것이 조금씩 소중해지기 시작했고 남편에게 점점 더 기대고 싶어졌다. 나에게 밝은 반딧불처럼 조용히 다가온 이 남자에게 사랑한다는 말보다는 고맙다는 말을 더 많이 하게 되었고 매 순간이 늘 고마웠다. 행복하게 살고 싶다는 부푼 마음으로 한국으로 갈 준비를 하며 비자를 기다리고 있던 어느 날 대사관에서 비자 관련하여 연락이 왔다. 나의 한국행 비자는 위장 결혼으로 의심되어 허가할 수 없다는 것이었다. 이게 도대체 무슨 일인 건지… 쉽지 않은 과정이기에 온몸에 진이 빠지고 그냥 모든 걸 다 포기하고 싶은 순간이었다. 하루빨리 비자가 발급되기만을 기다리고 있었는데 위장 결혼으로 의심받을 거라는 생각은 전혀 해 보지 못했기에 충격이 더 컸다. 하지만 여기서 이대로 포기할 수는 없어 그 이유라도 확실히 듣고 싶어 대사관으로 찾아가 문의를 하였다. 정확하게 비자 발급이 안 되는 이유를 알고 싶다고 하였더니 비자 발급을 담당하시는 대사관 직원이 하는 말인즉 나의 중국 호적이 이상하다는 것이었다. 호적이 제대로 조회도 안 되고 무엇보다 부모님이 안 계시고 양자로 등록된 것이 문제가 되어 위장 결혼일 가능성이 높다고 판단하여 발급을 불허하였다는 것이다. 역시나 나의 가짜 신분이 나의 발목을 붙잡았다. 대사관에서는 어릴 때부터의 호적을 다 제시하라고 하는데 내가 할 수 있는 것도 아니고 제대로 아는 것도 아니었다. 축 처진 어깨로 돌아서 나와 먼 하늘을 쳐다보는데 한숨만 나왔다. '이 결혼을 하는 게 맞는 걸까? 한국에 가지 말라는 하늘의 뜻인가?' 이런저런 생각이 또 나를 힘들게 하였다. 갈대 같이 흔들리는 마음을 안고 집으로 돌아온 나는 남편에게 전화를 걸었다.

"오~ 자기! 밥은 먹었어? 춥진 않았어?"

전화기 너머로 내 걱정부터 해 주는 이 남자의 목소리를 들으니 마음이 더 무거워졌고 미안했다. 그냥 평범한 여자를 만났다면 힘든 연애도 하지 않았을 것이고, 이런 안 좋은 소식도 들을 일 없고 걱정할 일도 없었을 텐데… 남편의 다정하고 따뜻한 말을 들으며 혼자 이렇게 되뇌었다.

'왜 하필이면 나를 선택한 거야? 내가 어디가 그렇게 좋다고… 사랑할 줄도 모르고 안전하게 살고 싶은 마음뿐인 여자인데. 이대로 괜찮은 걸까? 자기 곁에 가도 될까? 평생 미안해하면서 살아야 하는 건 아닐까?'

조금 불안해 보이는 우리의 결혼이 과연 괜찮은 건지 내 곁엔 물어볼 사람도 그리고 물어볼 자신도 없었다. 시간이 흐를수록 남편에게서 나오는 따뜻함과 배려심 그리고 자상함, 어둡고 불안했던 내 인생에 한 줄기 빛인 이 남자를 거부할 자신이 없었다.

나는 남편에게 비자 발급에 관해서 이야기했고 우리는 위장 결혼이 아니라는 것을 확인시켜줘야 할 것 같다고 말했다. 다른 것은 그렇다 하더라도 위장 결혼이라고 의심받는 것은 조금 억울했다. 나와 남편은 각자 위장 결혼이 아님을 증명하기 위해 최선을 다해 보기로 했다. 남편은 그동안 나와 메일로 주고받은 모든 전자 편지들과 통화내역을 대사관에 제출하기로 했고 나는 호적에 관련된 것을 준비할 수 없었기에 대사관에 구구절절 사연의 편지를 쓰기로 했다. 남편도 추가로 편지를 쓰기로 했고 우리가 할 수 있는 것이 있으면 뭐든 다 해 보기로 했다. 절실한 마음으로 쓴 편지를 대사관으로 보내고 또다시 새벽 기도를 하기 시작했다. 하나님을 잘 알지도 못하는 나였지만 내가 할 수 있는 것이라고는 기도뿐이었고 너무 절실했다. 어디든 속 시원히 내 마음을 털어놓고 이야기할 곳이 없었던 나에게 하나님께 기도드리는 시간은 나의 힘듦과 절실함과 속죄를 한 번에 털어놓을 수 있는 유일한 시간이었다.

"하나님! 어둡고 암울했던 내 인생에 나를 사랑해 주는 사람을 만나 함께 살려고 합니다. 사랑하는 사람과 함께 자유의 땅 한국에서 살고 싶은데 그곳으로 가는 길은 왜 이렇게 힘든가요? 하나님 보시기에 제가 가면 안 된다면 지금 잡아 주시고 가도 된다면 하루빨리 보내주세요. 한 번만 저에게 기회를 주시어 길을 열어 주세요. 두드리면 열어 주신다고 하지 않으셨습니까! 손이 아프도록 두드리는데 열리지 않으니 너무 힘듭니다. 하나님! 제발 도와 주세요! 버틸 힘이 없습니다…"

절실한 마음으로 쓴 나와 남편의 편지 그리고 새벽마다 드렸던 기도! 우리의 진실한 인연을 확인할 수 있었던 전자 메일과 중국에서의 우리 결혼 사진 그리고 통화내역 이 모든 것들이 통했던 것인지 다른 이들은 한 달 만에 나오는 비자가 나는 신청한 지 두 달이 되어서야 겨우 나왔다. 드디어 정말로 한국 갈 수 있는 자격까지 주어진 것이다! 비자가 나왔다고 대사관에서 전화를 받았을 때 너무 기뻐 무릎 꿇고 소리 질렀다. 다음날 나는 아침 일찍 일어나 예쁘게 꾸미고 비자가 발급된 여권을 찾기 위해 택시를 타고 대사관으로 갔다. 그때 대사관 직원이 했던 말을 잊을 수가 없다.

"북녀씨처럼 호적이 불투명하면 비자 발급이 안 되는 경우가 많지만 두 분이 제출한 서류와 남편 되실 분의 직업이 현역 군인이라 위장결혼이 아닐 것이라는 판단하에 비자를 발급하게 되었습니다. 한국에 가면 남편 될 분과 행복하게 사세요!"

여권도 비자 발급도 나에게는 정말 위험하고 아슬아슬한 상황들이었다. 하지만 그런 위기의 상황을 하나하나씩 넘길 때마다 늘 내 곁에 고마운 분들이 있었다는 것을 느끼는 순간이었고 감사했다. 한 발자국 한 발자국 한국으로 가고 있는 그 길에 힘들고 위험한 일들이 많아 포기하고 싶을 때도 있었지만 결국 나는 내가 선택한 길을 향해 가고 있었다.

이제 중국에서의 모든 위험한 고비들을 넘기고 한국으로 가서 남편을 만날 일만 남았다고 생각하니 내 마음은 하늘을 찌르듯이 기쁘고 행복했다.

PART 3

한국에서

남편이 느낄 배신감보다
남편을 잃을지도 모른다는
불안감이 더 컸다.

인천공항

-𝒮·𝒦-

   나는 한국으로 출발하기 전 엄마가 사는 집(료녕성 반금시)에서 엄마와 함께 며칠을 지내기로 했다. 엄마와 동생 둘을 중국에 두고 나 혼자 한국으로 가려니 마음이 무거웠다. 막냇동생은 떨어져 살다가 다시 만난 지 3개월 정도밖에 되지 않았는데 또다시 헤어진다는 것 때문에 며칠 동안 나에게 단 한마디도 하지 않았다.

   우리와 6년이라는 시간을 헤어져 북한에서 혼자 온갖 고생을 하고 죽을 고비를 넘기며 중국에서 겨우 다시 만났는데 한국으로 시집가는 언니가 얼마나 원망스럽고 서운했을지 이해가 된다. 그런 동생을 이렇게 저렇게 달래 보았지만 별 소용이 없었다. 이미 마음이 상한 막냇동생은 어떤 말로도 위로가 되지 않았다. 시간이 약이니 그냥 기다리는 수밖에…

   한국에 가기 전 내가 꼭 하고 싶은 한 가지가 있었는데 세상의 모든 딸이 그러하듯이 나도 시집가기 전 엄마 곁에서 함께 자고 싶었다. 엄마 품에 안겨 잔 것이 언제인지 기억도 나지 않아 꼭 함께 자고 싶었지만 그러하지 못했다. 그날만큼은 엄마가 나를 꼭 안아 주면서 한국으로 가서 남편과 잘 살라고 말해 주길 바랐다. 내가 먼저 엄마에게 안기면 좋았으련만 나 또한 그러지 못했다. 엄마가 먼저 안아 주기를 바라기만 했을 뿐… 애교가 없는 나는 무뚝뚝한 스타일이었고 엄마도 마찬가지로 살갑지 못한 성격이었기 때문이다.

그런데 한국으로 출발하기 전날 밤. 잠을 자고 있었는데 나의 얼굴로 무언가 떨어지는 것이 느껴졌다. '뭐지?'라며 눈을 뜨려는 순간 실눈처럼 벌어진 내 눈 사이로 나를 바라보며 울고 있는 엄마의 모습이 보였다. 울고 있는 엄마의 눈물이 내 얼굴에 떨어진 것이다. 나는 엄마의 그 눈물 한 방울에 잠이 깼으나 일어날 수가 없었다. 불을 끄고 나를 보며 울고 있는 엄마를 차마 쳐다볼 수가 없었다. 눈을 감고 누운 채 나는 마음속으로 엄마와 함께 울었다. 소리 없는 울음이 그렇게 가슴이 아픈 줄 처음 알았다. 그리고 그때 알았다. 우리 엄마는 애정 표현에 약하다는 것을!

다음 날 아침 엄마의 한 방울 눈물이 스며든 나의 얼굴에 예쁜 화장을 하고 엄마가 바라는 대로 행복하게 살겠노라며 인사를 하고 공항으로 가는 버스에 몸을 실었다.

드디어 2006년 11월! 엄마가 사는 집을 떠난 지 4시간 만에 한국에 도착했다. 말로만 들었던 인천 국제공항! 처음으로 밟아본 한국 땅이

인천 국제공항이라니! 북한에 있을 때는 비행기는커녕 기차 타고 외할머니 집으로 가는 것도 마음대로 쉽게 다닐 수 없어서 북한이 아닌 다른 나라로 간다는 것은 꿈에서도 생각해 본 적 없었다. 그런 내가 대한민국 땅을 밟고 서 있었다.

내가 도착한 시간은 초저녁 무렵이었다. 중국을 거쳐 인천 국제공항에 도착한 나는 처음으로 외국인(가짜) 신분으로 입국 심사를 받게 되었다. 긴장함과 설렘이 함께 뒤섞여 한없이 두근거리는 마음을 겨우겨우 달래며 입국 심사대를 향해 가고 있었다. 입국 심사대를 둘러보고 있었는데 한쪽에는 줄을 서서 기다리는 사람들이 많았고 다른 한쪽에는 기다리는 사람들이 많지 않아 한산해 보였다. 자연스럽게 기다리는 사람들이 없는 쪽으로 나는 향했다. 그쪽으로 다가가려는 순간 나를 제지하는 사람이 있었다. 그는 바로 공항 직원이었다. '무슨 일이지? 내가 뭘 잘못했나? 설마 들켰나?…' 그 짧은 순간에도 머릿속에 떠오르는 것은 나의 신분에 대한 두려운 생각뿐이었다.

"잠시만요. 외국인은 저쪽으로 가서야 합니다."

"네?…!"

어리둥절해서 쳐다보고 있는 나에게 공항 직원은 다시 한번 알려주었다.

"저기 외국인 입국 심사하시는 곳으로 가서야 해요!"

그 순간 알게 되었다. 내가 나가려고 했던 곳은 대한민국 여권을 소지한 사람만 지나갈 수 있는 입국 심사대였다는 것을…!

"아. 네 감사합니다."

그 직원의 안내로 다시 외국인 입국 심사대로 돌아와 줄을 서서 내 차례가 되기를 기다렸다. 그리고 기다리는 동안 나는 한참이나 그곳을 바라보았다. 지금도 그때 처음 보았던 입국 심사대 위에 쓰여 있던 "대한민국"이라는 글자가 기억난다. 그곳으로 지나가는 사람들의 손에는 "대한민국 여권"이 쥐어져 있었고 그들을 바라보는 출입국관리 직원들은 상냥한 얼굴로 웃으며 심사를 하고 있었다. 정말로 그들이 부러운 순간이었다. 저런 것이 자유인 건가? 국민으로서 누릴 권리인가? 나도 대한민국 여권을 소지하고 그곳을 꼭 당당하게 지나가고 싶어졌다. 그곳을 하염없이 바라보며 이런저런 생각을 하는 동안 나의 차례가 돌아왔다.

"어떻게 오셨어요? 무엇 때문에 오셨어요?"

"아. 네… 남자친구 초대로 중국에서 왔습니다."

외국인 입국 심사대에서 출입국관리 직원들의 물음에 답하는 동안 나는 또다시 조사받는 기분이 들었다. 여권 사진과 대조하며 얼굴을 자세히 쳐다보기도 하고 이것저것 묻는 것이 한두 가지가 아니었다. 거주할 곳이며 남자친구 이름은 무엇이며 얼마 동안 있을 것인지 남자친구 전화번호는 무엇인지 등등… 직원은 질문을 끝낸 후 드디어 여권에 도장을 찍어주었다.

"쾅쾅!" '아… 드디어 나왔구나. 정말 끝났구나.'

긴장감은 완전히 해소되고 설렘만 남아 내 마음은 한껏 들떠 있었다. 이제 짐을 찾으러 갈 차례였다. 남편을 만나기 위해 중국을 떠나는 순간부터 나에게 모든 것은 낯설고 처음 접해 보는 경험이었고 기분 좋은 설렘이 가득한 하루였다.

중국에서 수하물을 부칠 때는 쉬웠는데 한국에서 수하물 찾을 때는 또 어떻게 해야 하는 건지 하나도 아는 것이 없었다. 다행히 여기는 한국이고 나는 한국말을 할 수 있었다. 모르면 물어보면 되는 나라이기에 얼마나 안심이 되는 순간이었는지 모른다. '그래 여기는 한국이야. 내가 하는 말을 잘 알아들을 수 있는 한국!' 나는 주변 사람들에게 짐을 찾으려면 어떻게 해야 하는지 물어봐 가며 쉽게 수하물을 찾을 수 있었다. 수하물을 찾고 나니 마지막 문 하나가 남편과 나 사이를 막고 있었다. 이제 하나 남은 저 문만 열고 나가면 남편을 만날 수 있었다. '두근두근…' 왜 그렇게 심장이 쿵쾅쿵쾅 뛰는지. 그 문이 열리는 순간 바로 앞에 남편과 남편의 작은어머니 그리고 남편과 함께 근무하는 부대의 동료가 기다리고 있었다. 남편은 활짝 웃는 얼굴로 나를 반기며 함께 마중 나온 두 분에게 소개해드렸다. "제 아내가 될 사람입니다!"

나는 그분들에게 쑥스러운 표정으로 짧게 인사를 하고 남편 동료의 차를 타고 남편과 함께 살게 될 집으로 출발하였다.

달리는 차 안에서 바라본 한국의 야경은 참 아름다웠다. 그 야경을 보며 나는 마음속으로 다짐했다. '이제 자유를 찾았다. 나를 사랑해 주는 남자도 만났고 행복하게 잘 살 거야. 목숨 걸고 왔으니 남편을

목숨 바쳐 사랑할 거야!'

그동안 한 번도 남편에게 이렇게 생각했었다고 말해본 적은 없다. 그때는 북한에서 온 여자라는 것을 남편이 모르고 있었기에 말할 수가 없었다. 목숨 바쳐 남편을 사랑하겠노라 다짐했던 내가 너무도 다른 환경과 문화 그리고 알지 못했던 우리 둘의 서로 다름 때문에 남편을 힘들게 할 거라고는 전혀 생각 못한 채 나는 행복에 부푼 마음을 안고 인천대교를 지나가고 있었다. 전혀 평범하지 않은 나를 평범하게 진심으로 사랑해 주고 한국 땅을 밟을 수 있게 해준 남편으로 인해 정말 행복하고 고마운 하루였다. 그런 행복한 순간에도 걱정스러운 생각이 떠오른 나.

'한국에 오긴 했는데 이 남자에게 북한 여자라는 걸 언제 털어놓지…?'

외래어

- S · K -

"희망이 엄마 스쿨버스는 언제 온대요?"

무슨 말인지 잘 알아듣지 못한 내가 할 수 있는 대답은 "네?…"였다.

화장품 가게에서도 자주 있던 일.

"얼굴에 바르는 거 사러 왔어요."

"얼굴에 바르는 화장품이요? 혹시 스킨? 로션?"

'스킨? 로션? 그건 뭐지?'

"손에 바르는 거 사러 왔어요."

"손에 바르는 거요? 아~ 핸드크림 말인가요?"

'핸드크림? 그건 또 뭐지?'

나에게 외래어란 한국 생활 중 또 하나의 언어장벽이었다.

우리가 일반적으로 생각할 때 언어장벽이라고 하면 모국어 외에 다시 배워야 하는 외국어일 것이다. 하지만 북한에서 자란 내가 배우고 고쳐야 할 언어장벽은 좀 특별했다. 한국말을 아예 못 알아듣는 것도 아니고 그렇다고 다 아는 것도 아닌 그런 이상한 언어장벽이었다. 한국에서 처음 살기 시작했을 땐 정말 이해가 안 되었다. 아니 왜? 대한민국 표준어가 있는데 외래어를 쓰는 거지? 그냥 학교 버스라고 하면 될 것을 굳이 스쿨버스라고 하는 거지? 라는 것이 나의 짤막한 생각이었다. 그러다가 한 해, 두 해 살면서 왜 배워야 하는지 알게 되었다.

한국 생활에 조금 적응이 되어 사회생활을 할 당시 외래어는 필수였다. 회사 동료들이나 혹은 남편 부대의 동료 아내들과 만나는 자리가 있거나 할 때면 알아듣지 못하는 외래어들로 넘쳐났고 그럴 때마다 모른다고 할 수도 없고, 몰라도 대놓고 물어볼 수 없는 그런 상황들이 나에게는 많았다. 그럴 때마다 어떤 상황에서 어떤 외래어를 쓰고 있는지 잘 기억해 두었다. 예를 들면 식당에서 동료와 함께 밥을 먹다가 동료가 "저기요, 여기 냅킨 주세요!"라고 했을 때 직원이 가져다 주는 물건을 보고(아! 저것을 냅킨이라고 하는구나) 외워 뒀다가 사용할 기회가 있을 때 내가 직접 사용하는 방식으로 터득해 나갔다. 이렇게 생활 속에서 알 수 있는 외래어들은 바로 배웠고 여럿이 함께 모인 자리에서 모르는 외래어가 나올 땐 궁금해도 꾹 참고 머리만 끄덕이며 듣고 있다가 집에 돌아와 남편에게 모르는 단어를 물어보곤 했다. 그렇게 하나, 둘 배워 나간 외래어 덕분에 지금은 한국에서 생활하는 데 아무런 지장이 없다. 아직도 가끔 모르는 외래어는 있지만, 다행히 자주 사용되는 것들이 아니다. 한국에서 나고 자란 사람들에게는 아무렇지 않은 외래어였지만 새터민에게는 순탄치 않은 것이 현실이다.

함경북도식 북한 말투는 북한에서도 제일 전투적이고 억양이 강한 말투로 유명하다. 그곳의 억양과 말투 때문에 사람들과 대화할 때 왜 화를 내냐는 오해도 많이 받았다. 말투도 바꿔야 했고 외래어도 배워야 했던 나에게 한국의 언어는 말 그대로 다시 배워야 하는 외국어나 마찬가지였다. 아는 것보다는 모르는 것이 많은 나였기에 대화할 때 늘 경청하면서 고개를 끄덕끄덕하는 것이 습관이 되었고 그것은 다른 사람의 말을 잘 경청하는 좋은 장점이 되기도 했다. 또한, 북한의 강한 말투와 억양도 부드러운 한국식 발음으로 빨리 바꾸기 위해 낯설고 두려웠지만, 한국 사람들과 자주 어울리며 그들과 함께 이야기하는 시간을 많이 가졌다. 많은 시간을 한국 사람들과 어울리다 보니 한국 사람들의 부드러운 발음과 억양을 나도 모르게 따라 하게 되었다. 말투를 조금씩 바꿔 나가면서 알게 된 것은 확실히 북한식 발음은 억양이 강하고 전투적인 말투였다. 바꿔서 나쁜 것보다는 좋은 점이 더 많다는 것이 내 생각이었다. 억양이 바뀐 후로 사람들과 대화 중에 화났냐는 오해의 말을 듣는 일도 없어졌고 나의 의견이 상대방에게도 잘 전달되었으며 그로 인해 스스로의 자존감도 높아졌다.

'내 말을 못 알아들으면 어쩌지? 내 말투 때문에 웃으면 어쩌지? 또 어디서 왔냐고 물어보겠지?'라며 대화 전에 늘 이런 걱정부터 하면서 움츠러들었는데 억양 하나 바꾼 덕분에 많은 것을 얻게 되었다.

'로마에 왔으면 로마법을 따라야 한다.'라는 속담이 있듯이 한국에서 살려면 한국의 외래어와 말투도 함께 받아들이고 배워 나가야 하는 것이 내 몫임을 알게 되었다.

외래어와 말투 때문에 소통에 어려움을 겪는 탈북민들을 볼 때면 처음 내 모습을 보는 것 같아 마음이 아프기도 하면서 속상할 때도 많다. 그러나 그들에게 내가 해 줄 수 있는 말은 배우며 부딪혀 보라는 말이었다. 같은 민족이어서 닮은 것도 많지만 다른 문화와 환경으로 인한 이질감은 불가피하다. 하지만 우리가 느끼는 이질감 또한 우리가 선택한 것이기에 모든 선택에는 책임이 따르는 것이며 극복하는 것 또한 우리의 몫이라고 생각한다.

한국사회에 정착하는 과정에서 겪는 언어소통의 어려움은 한국사회에 정착하고 더 나은 삶을 위해서 극복해나가야 하는 당연한 문제일 뿐이다. 살아가면서 필요한 기본적인 언어 하나 극복하지 못한다면 치열한 자본주의 사회에서 어떻게 살아남을까?

골룸은 어디 살아?

-*S·K*-

"자기야. 지금 TV에서 나오는 골룸 보려면 어디로 가야 해?"

"뭐?! 방금 뭐라고 했어?"

"저 골룸 보려면 어디로 가야 하냐고! 저기가 어느 나라야?"

남편은 아무렇지 않은 듯 순진한 얼굴로 말하는 나를 의아하고 놀랍다는 듯 황당한 표정으로 쳐다보고 있었다.

"자기야. 저건 컴퓨터그래픽이야. 저건 진짜가 아니야!"

"어?! 진짜….?"

'어, 이상하네. 이 여자 뭐지?…'

한국에 정착한 지 3개월쯤 되던 어느 날 저녁 「반지의 제왕」이라는 영화를 처음 보게 되었다. 아니! 정확하게 말하면 컴퓨터그래픽으로 만들어진 그런 판타지 영화를 나는 태어나서 처음으로 접하게 되었다. 중국에 있을 때도 내 사정상 외국영화를 접할 기회가 없었고 그나마 봤던 것은 무협 영화뿐이었다. 그런 나에게 반지의 제왕 같은 판타지 영화는 그야말로 신세계였다. 너무 재미있어 몰입해서 본 나머지 꿈속에서도 골룸을 만나고 있을 정도였다. 영화가 컴퓨터그래픽이라는 것은 상상도 못 한 채 나는 그것을 진짜라고 생각하며 보았고 정말 신기했고 반지의 제왕에 나오는 그곳을 꼭 가보고 싶었다. 컴퓨터그래픽이라는 것을 아예 알 수도 없었던 나는 남편에게 그렇게 황당한 말을 하고 말았다. 지금 생각해 보면 북한에서 온 나 말고 다른 사람이라도 똑같은 반응을 보였을까? 나의 그 말에 놀라서 당황해하며 나를 쳐다보던 남편의 눈빛이 아직도 생생히 기억이 난다. 얼마나 어처구니가 없었을까?

내가 살던 그 시기에 북한은 컴퓨터가 거의 없었고 컴퓨터그래픽이라는 단어도 들어 본 적이 없었다. 북한의 방송과 텔레비전은 오로지 조선 중앙 통신 하나로 통일되는 곳이다 보니 외국영화는 아예 볼 수 없었고 그나마 현실이 아닌 가상으로 볼 수 있었던 것은 어린이 만화뿐이었다. 그런 곳에서 살다가 중국으로 왔고 중국에서 처음 접해 본 것이 만화 같은 중국판 손오공이 나오는 서유기였고 이것이 내가 만난 세상의 텔레비전 속 전부였다.

모든 것이 신기하고 새로운 나에게 반지의 제왕도 예외는 아니었다. 그날 이후로 나는 컴퓨터그래픽이라는 것에 대해 남편으로부터 설명을 듣게 되었다. 문명이라는 것은 이런 것을 말하는 건가?라는 생각도 들었다. 내가 알고 살았던 세상과 한국의 세상은 많은 것이 달랐다. 이 일을 겪은 후부터 나는 모르는 것을 하나씩 알아가야겠다는 생각이 들었다. 다행히 남편과 단둘이 집에서 반지의 제왕을 봤으니 남편 한 사람만 당황스럽게 만들었다. 하지만 큰 영화관에서 봤거나 나에 대해 잘 모르는 사람들과 어울리면서 봤다면 참 웃음거리가 되었을 것 같다는 생각을 떨칠 수가 없었던 하루였다.

골룸 덕분에 컴퓨터 그래픽이라는 것을 잘 알게 되었고 이제는 즐기면서 보고 있다. 아직도 모르는 것이 많아 계속해서 알아가려고 한다.

어쩌면 모르는 게 많아서 신기한 것이 많고 배울 것도 더 많으며 그래서 매 순간이 새로운 것 같다. 그때 영화에서 처음 만났던 골룸은 남편과 나와의 추억으로 남았다. 짧지만 이 또한 나의 인생 스토리가 되었고 북한에서 한국으로 왔기에 만들어진 나의 골룸 이야기로 한국 생활에서의 웃지 못할 이야기가 되었다.

북한도 이전과는 달리 많이 변하고 있어 이제 더 이상 나처럼 판타지 영화를 보면서 이렇게 황당한 질문을 하는 북한 사람은 이제 오지 않겠지?

꼭 숨겨야 했을까?

-S·K-

남편은 나와 사는 동안 한 번도 내가 북한에서 온 사람일 거라는 의심을 하지 않았다고 했다. 정확한 말로 표현하자면 남편이 나를 믿었다는 것이 맞을 것이다. 남편에게 털어놓을 기회가 없었다면 그건 핑계일 뿐이고 하루라도 빨리 사실을 말했어야 하는 것이 옳은 행동이었지만 나는 그러하지 못했다.

변명 같은 말처럼 들릴지 모르겠지만 말을 하지 못한 두 가지 이유가 있었다. 첫 번째는 나만 사랑해 주는 이 남자가 북한 여자라는 말을 들으면 나를 버릴 것 같아 두려웠고 두 번째는 남편이 군인이라는 신분이다 보니 간첩으로 오해받을까 무서워 말을 못 했다.

한국에 가면 사실을 털어놓을 기회가 있을 거로 생각했던 나는 아낌없는 사랑을 주고 신뢰하는 자상한 남편을 보면서 탈북민이라는 사실이 더욱 불안해졌고 진실을 말할 용기가 나지 않았다. 낯선 한국 땅에서 혼자였던 내가 의지하고 기댈 사람은 오로지 남편뿐이었고 나의 전부였기에 사실을 말하면 나를 떠날 것만 같았다. 너무 오랜 시간 동안 두려움 속에 숨기고 살다 보니 두려움은 나의 모든 생각과 판단을 지배하고 있었다. 내 마음속에 자리 잡은 두려움은 계속해서 감춰야 하는 이유를 만들어내며 합리화했고 그로 인한 고통은 항상 나를 괴롭혔다. 그러나 진실은 언젠가는 꼭 드러나는 법! 잘 감추고 살아오던 어느 날. 남편이 나를 의심하게 되는 사건이 발생했다. 남편과 함께 산 지 3년이 되던 해 지하철을 타고 동대문으로 가고 있었는데 남편에게 전화가 왔다.

"자기야 지금 어디야?"

"어? 나 지금 지하철 타고 동대문 가고 있는데. 왜?"

"그래? 자기 지금 다시 집으로 돌아와야 할 것 같아."

"왜? 무슨 일인데?"

"자기가 오면 말해 줄 테니 일단 집으로 돌아와!"

남편의 목소리가 무겁게 들려 불길한 생각이 들었지만 알았다고 대답하고 집으로 돌아가는 지하철을 탔다. 차에서 기다리고 있던 남편이 나에게 말했다.

"자기야, 기무대 알지? 군인들 조사하는 사람 말이야."

"응, 그런데 그 사람들이 왜?"

"자기와 나에게 조사할 것이 있다고 경찰들과 함께 왔어. 아마도 자기가 외국인이라서 그런 거 같아. 나한테 혹시 말 안 한거 있어? 자기

문제 되는 거 없지?"

그 말을 듣는 순간 너무 긴장되고 두려워 아무 말도 못 하고 있던 나를 보더니 남편은 다른 문제 없으면 아무 일 없을테니 걱정하지 말라며 안심시켰다. '드디어 올 것이 온 건가? 이제 말해야 하는 건가?'

그들을 만나러 가는 동안에도 판단을 흐려 놓는 온갖 잡다한 생각들이 나의 머릿속을 마구 흔들고 있었다. 나와 남편을 기다리고 있던 조사관들은 모두 여섯 명이었고 나를 조사하려고 온 사람은 남자 경찰관 네 명이었다. 군인인 남편은 기무대에서, 민간인 신분이었던 나는 경찰관들이 함께 합동 조사를 하는 것이었다. 내 앞에 앉아 있는 건장한 남자 네 명은 나에 대한 조사는 모두 끝내고 온 상태였다. 하지만 불확실한 부분도 있었기에 나에게 직접 확인해야 하는 조사가 더 필요했던 것 같았다. 가짜 신분증이긴 하였으나 중국 공항이며 인천 국제공항까지 모두 통과할 수 있을 정도로 완벽하게 진짜 같은 가짜 신분이었고 서류상으로 문제될 것은 없었다. 경찰들은 나에 대한 제보가 접수되었기에 수사해야 하는 상황이었고 다름 아닌 군인과 결혼한 것이 문제가 된 것 같았다.

북한에서 왔다고 자진 신고하면 받을 수 있는 혜택도 있었는데 전혀 관심 없어 보였던 것도 의심받을 만한 상황이었다. 그러나 그 당시 나는 하나원이라는 것도 몰랐고 탈북민들에게 정착할 수 있게 도움을 주는 정책이 있다는 것도 전혀 알지 못했다. 나를 사랑해 주는 남편이 좋았고 군인이기에 신뢰할 수 있어 결혼을 선택하고 한국으로 온 것뿐이었다. 그런데 군인이라는 직업으로 인해 결과적으론 내가 불안해하던 일이 일어나고 말았다.

경찰관들의 조사가 시작되어 질문이 쏟아졌고 나는 아무렇지도 않은 듯 태연한 척하며 질문에 맞는 답을 찾고 있었다. 하필 그 시기는 탈북민으로 위장한 여간첩이 군인과 내통한 사건이 터진 지 얼마 되지 않은 시기여서 뭔가 이상한 말 한마디라도 한다면 나를 당장이라도 묶어 끌고 갈 것 같았다. 경찰관들 질문에 무조건 아니라고 우기는 수밖에 없었다. 그래서 무조건 우겼다.

"진짜 중국인인데 왜 그러세요? 아무 문제 없이 잘살고 있다는 것을 확인하신 것 같은데 뭘 더 알고 싶으신 거예요?"

적반하장으로 나의 목소리가 더 컸다. 도둑이 제 발 저린 격이었다. 그렇게 큰소리치는 순간에도 온몸은 사시나무 떨듯 떨고 있었다. 나는 테이블 밑으로 손을 넣어 떨고 있는 다리를 눌러 진정시켜야 했다. 끝까지 아니라고 우기고 있는 나를 보더니 경찰관들은 본인이 분명 아니라고 하고 있어 강제로 끌고 갈 수는 없지만, 진술서는 작성해야 한다고 했다. 자필로 진술서를 작성하고 손도장까지 찍고 나서야 몇 시간에 걸친 그날 조사는 마무리되었고, 반대편에서 남편도 조사를 끝내고 나오고 있었는데 그 모습이 많이 지쳐 보였다.

내가 숨겨온 진실 때문에 남편이 얼마나 더 고통을 겪어야 하며 가짜의 끝은 있는 것인지 또 나는 계속 이렇게 숨기며 버텨 낼 수 있기는 할까? 라는 생각을 했다. 나 스스로 나에게 서서히 지쳐 가고 있는

144

나는 북한댁이다

듯했다. 조사가 끝나 남편과 나는 지친 몸으로 집으로 돌아와 함께 침대에 누웠다.

옆자리에 누워 있는 나에게 남편이 말했다.

"자기야. 오늘 너무 긴장되고 무서웠지?"

나 때문에 마음고생 했을 남편을 보니 마음이 아프고 미안했다. 미안한 마음이었지만 진실을 털어 놓을 자신이 없었던 나. 남편은 나에게 한번 더 물어보았다.

"자기야 진짜 문제 없는 거지? 이상하네. 왜 그렇게 같이 조사한 거지? 그리고 왜 자꾸 자기에 대해 물어보는 거지?"

의심하는 남편에게 내가 했던 말은 "아무 문제 없다"였다. 종이처럼 찢어서 버릴 수 있는 그런 과거라면 갈가리 찢어 변기통에 흔적도 없이 내려버리고 싶은 심정이었다. '숨기지 않고 불안하지 않으면 나는 한국에서 살 수 없는 건가?' 숨기며 불안해하는 것이 이제 나의 일부가 되어버린 건 같아 슬픈 하루였다. 훗날 남편은 그날 의심투성이었던 나의 과거에 대해서 묻고 싶었지만 내 아내니까 믿었다고 했다.

그렇게 나를 믿고 있던 남편에게 그때 내가 한 것은 끝까지 숨기는 거였다. 그럴수록 배신감은 더 커지는 법인데 말이다. 하지만 그 당시 나에게는 훗날 남편이 알게 되었을 때 느낄 배신감보다 지금 당장 남편을 잃을지도 모른다는 불안감이 더 컸었다. 실제로 나는 한국에 처음 왔을 때 밖으로 함께 나가게 되는 날이면 남편에게 제일 먼저 했던 말이 "나 버리고 가지 마."라는 말이었다. 남편은 농담처럼 듣는 듯했지만, 나의 불안감에서 나온 농담 속에 포장된 진심이었다.

나는 그날 두려움과 긴장감을 준 경찰관들을 다시는 만날 일이 없을 것 같아 안심되었고 남편에게 숨기고픈 나의 신분도 들키지 않고 잘 숨겼다는 안도의 한숨을 쉬면서 지친 몸으로 남편 곁에 누워 생각했다.

'난 언제까지 이렇게 숨기며 살아야 할까? 과연 진실을 말할 수 있을까? 불안과 두려움 속에 감춰진 거짓의 끝은 있는 걸까?'라고…

그때 나는 조사가 끝났다고 생각했지만, 그것은 나만의 착각이었다.

대한민국 수사기관이 그렇게 허술한 것은 아니기에 그 이후에도 계속 진행되었다고 한다. 어떤 방식으로 수사가 되었는지 정확하게 알수는 없지만. 별문제 없이 평범한 가정주부로 살았기에 수사할 만한 이유가 없었던 것 같다. 그 후 국정원에서 모든 조사가 끝난 나를 더는 수사할 필요가 없게 되었다.

나는 북한댁이다

군인가족도 군인이었다

-*S·K*-

　북한에서 한국으로 와서 군인 같은 군인가족이 된 지 13년이 되었다. 어린 시절 북한에서 교육받을 때 무찔러야 하는 대상이 남조선 괴뢰군(한국 군인을 괴뢰군이라고 불렀음)이었다. 그런데 아이러니하게도 지금 내가 사는 대한민국을 지키기 위해 내가 태어난 고향(북한)에 총구를 들이 대고 있는 남조선 괴뢰군이 바로 내 남편이다. 북한에 있었다면 공개처형 대상 1호였을 것이다.

　중국을 떠나 내가 처음 신혼살림을 시작한 한 곳은 직업군인들에게 일정의 보증금만 내면 무료로 살 수 있게 해 주는 군인 관사였다. 한국에 도착했을 때 남편과 시누이들은 하나부터 열까지 생활에 필요한 모든 것을 이미 준비해 놓은 상태였고 나는 몸만 들어와서 그냥 살림을 시작하기만 하면 되었다. 그러나 한국에 도착하자마자 내가 할 수 있는 것은 그리 많지 않았다. 어디서 무엇부터 시작해야 하는지 아무엇도 모르던 나는 집에서 남편에게 맛있는 요리를 해 주고 청소와 빨래를 하면서 오랜 시간 동안 집에서 지내기만 했다.

남편은 한국에 아는 사람도 없는 내가 외로울 것 같아 부대에서 함께 일하는 후배 가족을 소개해 주었다. 내가 시작한 한국의 대인관계는 남편이 처음으로 길을 열어 준 것이었고 그 첫 번째가 바로 같은 군인가족이었다. 한국 사람은 아니었지만 같은 군인가족이라는 유대감으로 인해 서로 대화가 통했고 자매 같은 사이로 지내게 되었다. 한국에 온 지 얼마 되지 않은 새댁이었던 나를 남편 부대의 군인가족들은 따뜻하게 챙겨주었다. 군인가족생활에 적응할 수 있도록 잘 도와준 덕분에 이런저런 모임에도 부담 없이 참석할 수 있었고 부대 단합대회를 할 때면 부대에 나가 음식도 함께 만들기도 하면서 남편의 내조를 했다. 그 당시 나는 군인가족이라는 것이 특별하게 생각되지도 않았고 그렇게 생각할 이유도 없었기에 평범하게 살아가고 있었는데 계급사회라는 것이 어떤 것인지를 알게 해 주는 일들이 있었다.

어느 날 남편과 함께 근무하던 직속 상사가 다른 곳으로 가게 되어 병사들과 간부 그리고 가족들도 함께 모이는 회식 자리여서 나도 참석을 하게 되었다. 그날은 남편 직속 상사의 부인과 친분도 있었기에 헤어질 생각에 서운하고 아쉬웠지만 어쩔 수 없이 떠나보내야 하는 송별회이기도 했다. 회식 자리에 앉은 후 나는 그분과 이런저런 말과 아쉬움이 남는 이야기 또, 새로 오시는 분에 관해서 이야기를 나누다가 내가 물었다.

"사모님. 새로 오시는 분은 나이가 어떻게 되시나요?"

나이를 물어본 이유는 새로 오는 군인가족이 젊으면 좀 더 친하게 지낼 수 있겠다는 단순한 생각에서였다.

"어머. 희망이 엄마 나이가 어려도 사모님이라고 불러야 하는 거 알죠?"

그분이 이렇게 말을 하는 순간 그 자리에 함께 있던 병사들과 간부들이 나를 쳐다보았다. 나는 단지 친하게 지내고 싶어서 나이를 물어보았을 뿐인데 나에게 돌아온 것은 계급에 대한 굴욕이었다. 군인 사회에서는 남편의 계급이 곧 아내의 계급이라는 말이 떠올랐다. 순진하고 바보 같은 질문을 한 내가 너무 한심스러웠고 "꼭 그 자리에서 그런 식으로 말해야 하나요?"라고 따져 묻고 싶은 순간이었기도 했다. 남편의 계급에 내가 왜? 이렇게 눌리어야 하는 거지?라는 억울함도 있었다. 남편이 하는 일에서 계급이 필요한 것이지 왜 나까지 그 계급을 달고 살아야 하는 건지 내 머리로는 도저히 이해가 되지 않았다. 그날 이후로 어떤 군인가족이든지 멀리하고 싶어졌다. 그러나 멀리하려고 하면 할수록 오히려 군인가족들에 대한 불만이 쌓이는 일들만 계속해서 생겨났다.

한때 군인관사와 가까운 곳에서 아르바이트 겸 잠깐 식당에서 일한 적이 있었다. 그 식당에서 함께 일하던 분은 나보다 나이 많은 분이 었는데 그분도 나처럼 군인가족이었고 소일거리로 식당일을 하고 있었다. 그분의 남편은 내 남편보다 계급이 높았다. 함께 일하는 것에는 아무런 문제가 없었지만, 그분과도 역시 호칭이 문제였다. 한국에 와서 살면서 나는 모든 것을 스스로 배워 나가는 과정이었기에 서툰 면도 많았고 배워야 할 것도 많았던 시기였다. 북한에서는 사모님과 사장님이라는 그런 호칭을 사용하지 않았기에 몰랐고 중국에서도 기업이나 식당을 운영하는 이들에게 많이 사용하는 단어였다. 이런 단어를 한국에서는 다양하게 쓰인다는 걸 알았다면 과연 그런 실수들을 했을까? 내가 일하던 식당에 사장님이 그분에게 누구 엄마라고 부르기에 나도 그렇게 부르면 되는 줄 알고 "누구 엄마 식사하세요."라는 식으로 불렀다. 나는 나름대로 예의범절을 갖춘 대화법이었다. 처음 그렇게 부를 때 그분도 아무 말 없었고 사장님도 내가 호칭을 잘못 쓰고 있다고 알려준 적이 없었기에 계속 그렇게 불렀는데 그분이 결국엔 화가 나서 나에게 쏘아붙이기 시작했다.

"야! 너! 왜 자꾸 나에게 누구 엄마라고 부르는 거니? 사모님이라고 부르기 싫으면 차라리 아줌마라고 불러! 진짜 열 받네!"

무엇을 잘못했는지도 모른 채 그런 소리를 듣고 있는 나도 당황스럽긴 마찬가지였다. 처음도 아닌 여러 번의 잘못된 호칭에도 괜찮게 잘 지내다가 갑자기 그렇게 말하는 걸 보니 그분도 꽤 참으셨던 모양이다.

"제가 뭘 잘못했나요?"

"너! 나보다 한참 어린 것이 나에게 지금 누구 엄마라고 할 소리야? 어이가 없네!"

호칭에 문제가 있는 것 같다는 생각에 식당 사장님께 물었더니 그때야 알려 주었다.

"그래. 잘못한 거야. 희망이 엄마보다 나이 많은 분한테 누구 엄마라고 부르는 거 아니야! 그런 호칭은 연배가 비슷하거나 아랫사람한테 쓰는 거야."

난 어이가 없고 억울했다. 할 말을 잃었다. 한국에 와서 누구에게도 이런 말을 배우지 못했었기에… 그럼에도 분명히 내가 잘못한 것이 맞기에 그분께 곧장 달려가 사과를 했다. 정말 몰라서 그랬던 것이라고 중국에서 살다 보니 몰라서 그랬다고 죄송하다며 몇 번이고 사과하고 용서해 달라고 했다. 식당 사장님도 중국에서 온 지 얼마 안 되어 그런 것이지 일부러 그런 건 아니니까 이해하라고 했다. 하지만 그분이 하는 말은 세상에서 가장 듣기 싫은 말이었고 해서는 안 될 말이었다.

"중국에서 온 지가 얼마인데 아직도 그걸 몰라? 기본도 없이 자란 거지. 야! 너 내 남편이 누군지 알아?"

정말 황당하고 인격존중이라고는 찾아볼 수 없는 그 사람의 말로 인해 더 사과할 필요가 없겠다고 느낀 나는 그 자리를 박차고 나와 버렸다. 집으로 걸어가는데 억울하고 화나고 치욕으로 얼룩진 내 마음을 그 어디에도 달랠 길이 없었다. '나 혼자였다면 그냥 그렇게 참고 나오진 않았을 텐데. 몇 마디라도 반박하고 나왔을 텐데.'라는 생각에 더 울컥했다.

애꿎은 남편에게 한바탕 억울함을 토로했고 남편은 그런 나를 위로해 주느라 바빴다. 분명 내가 잘못한 것이고 그래서 사과하고 있었는데 그분은 왜 나의 부모님과 연결되는 기본을 말하고 남편의 계급을 말한 걸까? 나도 남편의 계급이 높아지면 그런 말을 하면서 살까?라는 생각이 들기도 했다. 이런저런 힘든 일들은 그 후에도 많았지만 잘 이겨내고 있으며 남편의 어깨 위에 하나씩 늘어 가는 계급장을 보면서 혹시 나도 남편의 계급 위에서 후배 가족분들에게 대못 박는 말로 상처 주진 않았는지 되돌아보기도 한다. 그런저런 경험들이 나를 좀 더 성숙하게 하는 계기가 되기도 했지만 말로 받은 상처는 잘 아물지 않는 것 같다.

그때부터 나는 새로운 군인가족을 알게 되었을 때 남편의 계급을 묻거나 계급에 대해 이야기를 하면 그 순간부터 계급 고하를 불문하고 거리를 두었다.

군인가족으로 13년째 살면서 남편의 계급이 높아질수록 지금 나에게 더는 그런 일들이 일어나지 않지만, 남편의 계급장에 누가 될 만한 일은 하지 않으려고 노력하고 있다. 내가 소심하고 속이 좁아 생긴 그때 마음의 상처로 인해 그런 건지 아니면 군인가족으로 사는 게 많이 힘들었던 것인지 잘 모르겠지만 위 내용의 글을 쓰는 동안 위 쓰림과 두통으로 머리가 계속 아팠다.

가끔 나약해진 나를 보며 속상할 때가 있다. 그럴 때면 감기 한번 앓지 않고 나라와 가족을 위해 매일 성실히 군 복무를 하는 남편을 보며 힘을 내곤 한다. 앞으로 15년을 더 군인가족으로 살아야 한다. 그러나 항상 나를 지지해 주고 든든하게 지켜 주는 남편을 잘 내조해야 한다는 사명감으로 어제도 오늘도 군인 같은 군인가족으로 살아가고 있다.

돈의 노예

-*S·K*-

가끔 뉴스를 보다 보면 새터민이 한국 사회에 정착할 수 있도록 지원해 주는 정착금을 허무하게 날려 버리는 경우를 보게 된다. 자본주의 나라에서 경제 관념이 턱없이 부족했던 새터민인 나도 그랬었기에 돈을 날려 버린 상황과 그 심정을 충분히 이해한다.

이 내용을 쓸까 말까? 참 고민을 많이 했던 돈에 관한 이야기. 솔직히 말하자면 이 글은 정말 쓰고 싶지 않은 나의 치부이기도 하며 시간을 되돌릴 수만 있다면 무슨 짓을 해서라도 바꾸고 싶은 나의 과거이기도 하다. 잘 살고 싶어 한국에 왔고 다른 이들처럼 행복하게 살고 싶은 마음에 남편에게 나의 과거도 꼭꼭 숨기며 살았는데 어렵게 지켜오던 행복을 무너뜨리고 아이들과 남편까지 힘들게 했던 가슴 아픈 이야기이기에 정말 쓰고 싶지 않았다. 하지만 이것 또한 내 인생의 한 부분이고 모든 것을 내려놓고 다시 새롭게 태어난 계기가 되었기에 마음을 바꾸어 쓰기로 결심했다.

　자본주의에 대해 제대로 알지 못하고 살아온 나는 기본적인 경제 관념이 많이 부족했다. 신용등급이라는 것은 무엇이며 한국 사회를 살아가는 데 신용이 왜 중요한지? 또, 그런 것들을 관리하기 위해서는 무엇부터 어떻게 해야하는지 제대로 배운 적이 없었다. 막무가내 정신으로 어렵고 힘든 일과 위험하고 두려운 상황 속에서도 언제나 잘 해내 왔기에 나는 돈에 대한 것 또한 잘할 수 있을 거라 믿어 의심치 않았다.

　한국으로 시집온 후 내가 처음으로 사용한 것은 남편의 신용카드였다. 남편은 필요한 물건들을 살 때 카드로 계산하라며 내게 주었다. 그때 처음 받아들었던 신용카드에 대해서 나는 아는 것이 하나도 없었다.

　남편이 준 카드를 받아들고 마트에 가서 필요한 물건들을 사고 카드를 주었더니 현금처럼 계산이 되었다. 처음에는 소심하게 1만 원부터 3만 원, 10만 원, 20만 원… 어느 날부터 백만 원 단위로 올라가도 카드를 긁기만 하면 되는 것이 신기하고 편했고 돈을 쓰는 즐거움도 있었다. 내가 필요한 물건을 살 때마다 남편의 신용카드가 알아서 계산을 해 주니 즐겁지 않을 수가 있을까?

　가끔은 남편에게 말도 안 되는 원망도 해 본다. 낯선 곳에 와 아무것도 몰랐던 나에게 조금이라도 경계심을 주었다면 돈을 그렇게 쉽게 생각했을까?라며… (당시 남편은 내가 잘 알아서 쓸 거라 믿었다고 한다.) 그렇게 남편의 카드를 쓰며 편리함과 즐거움만 알았던 나에게 조금씩 욕심까지 자라고 있었다. 더 많이 벌어서 더 많이 쓰고 싶다는 욕심! 좋은 집과 좋은 자동차. 나의 눈에 들어오는 화려한 것들과 돈을 많이 벌어서 지금껏 못해 본 것들을 마음껏 해 보고 싶어졌다. 그러나 내 마음과는 달리 한국에 와서 생활한 지 얼마 되지 않았기에 내세울 만한 경력도 없었고 첫째 아이가 어려서 내가 일할 수 있는 곳도 그리 많지 않았다.

그러던 어느 날 나는 보험회사를 찾아가게 되었다. 주변 사람들로부터 보험회사는 출퇴근 시간이 자유롭다고 들었기 때문이다. 대부분 보험회사는 아는 지인을 통해 추천받아 입사하는 경우가 많은데 나는 스스로 보험회사에 찾아가 면접을 보고 바로 시험을 보게 되었다. 한국에 온 지 2년밖에 되지 않은 내가 일을 시작하겠다고 찾은 곳이 보험회사였고 아무것도 모르던 나는 겁 없고 도전 의식이 강한 젊은 여성일 뿐이었다.

보험에 대해 아는 것이라고는 아프면 보험회사에서 치료할 수 있는 돈을 준다는 것밖에 모르는 순진한 20대 중반의 여성이었다. 그때 시험을 볼 때 정말 말로만 듣던 7전 8기 끝에 붙었다. 보험설계사(FP) 시험 문제들에 나오는 보험용어들은 한 번도 들어 본 적도 없는 그런 것들이어서 내가 이해하는 것에는 한계가 있었다. 풀면서 공부해야 하는 문제들도 600개나 되었다. 아무리 공부를 해도 단어 자체가 생소하기도 하고 말뜻이 잘 이해가 되지 않아 시험을 볼 때마다 떨어졌다.

그러나 그때까지 노력했던 것이 아까워 그냥 포기할 수 없어 기출 문제와 답을 전부 외워버렸고 8번째에 마지막으로 간 시험장에서는 시험지를 제일 먼저 제출하고 나왔으며 100점에 가까운 점수를 받았다. 하지만 어렵게 붙은 보험회사에서 성공을 꿈꿨던 나는 제대로 된 설계사가 되기는커녕 자본주의의 으뜸인 돈의 무서움을 알게 되었고 아주 값비싼 인생 공부를 하게 되었다…

사람을 상대하는 모든 영업이 그러하듯 보험영업도 절대로 쉬운 일이 아니었다. 더구나 연고도 없는 나에게 보험이라는 것은 정말 힘들고 어려운 일이었다. 사전에 보험에 대한 공부도 없이 오로지 돈을 벌어서 풍족하게 쓰고 싶다는 어리석은 생각 하나로 시작한 보험 일은 내 적성에 하나도 맞지 않았고 날이 지나면 지날수록 나를 옥죄고 힘들게 하는 일들만 터졌다.

처음 입사하여 1년은 나도 다른 사람들처럼 가족, 친지들과 또 중국에서 같이 온 중국인 지인들에게 영업해 가면서 월급을 꾸준히 받았다. 제대로 된 월급을 받아 가면서 실적도 잘 쌓여 가는 듯했고 잘하고 있다는 착각에 빠지면서 점점 더 무리한 욕심이 생겨났다.

과한 욕심은 언제나 화를 부르는 법! 무리하게 한 계약들은 제대로 유지가 안 되는 것들이 허다했다. 보험회사에서는 새로운 계약을 체결하는 것보다는 유지를 더 중요하게 관리했기에 유지율이 떨어지면 급여로 바로 직결되어 내게 큰 타격이 생겼다. 그렇게 되는 것을 막기 위해 계속해서 무리한 유지를 하게 되었고 시한폭탄처럼 곧 터질 것만 같은 말도 안 되는 상황에서도 계약을 했다.

그때 내 눈에 보이는 것은 오로지 다음 달 받을 급여명세서뿐이었다. 머릿속엔 온통 통장에 찍힐 돈의 액수만 보일 뿐 그것들이 나에게 어떤 화를 초래할지 한 번도 제대로 고민해 보지 않았던 것 같다. 앞만 보고 대책 없이 저지른 일들은 결국 하나둘씩 터지기 시작했고 무리하게 허덕이면서 유지했던 계약도 도저히 유지할 수 없게 되는 상황에 처했다. 다시 정신을 차렸을 때는 그 계약들을 더 이상 유지할 수 없음을 알았지만, 유지율은 나에게만 타격이 생기는 것이 아니라 지점 전체의 문제가 되기도 했다.

내가 불러들인 욕심은 그때부터 나를 돈의 노예로 만들었고 나의 삶을 180도로 바꾸어 놨다. 보험계약을 유지하기 위해 나는 대출을 받아 보험료를 대신 내기도 했고 또 새로운 계약을 위해 가족 계약을 더 들기도 했다(일명, 그려 넣기라고 한다). 그러다 보니 내야 하는 보험료들은 계속 불어나고 있었고 어느 순간 내 급여는 물론 은행 대출에 개인 사채까지 써 가며 회사에 다니고 있었다.

보험회사에 다니면서 돈 관리를 못 한 나의 큰 잘못은 결국 남편과 아이들까지 힘들게 하는 상황이 되었고 내 신용은 물론 남편의 신용까지 엉망으로 만들어 버렸다. 그것뿐만이 아니었다. 회사에 다니면서 아이를 늦게 집으로 데려오는 시간이 잦았고 남편과 집안 살림도 소홀하기 일쑤였다. 엄마의 손길이 제일 필요했던 그 시기 큰아이에

나는 북한댁이다

게 제대로 된 보살핌을 주지 못해 아이는 마음고생을 많이 하였고 심리적인 치료까지 받게 되었다.

돈으로 인해 그렇게 미친 듯이 돌아다니면서 영업을 했지만 제대로 유지되는 보험은 물론 새로운 계약을 하기도 힘들어졌고 점점 늘어나는 빚에 시달리는 날만 많아졌다. 오로지 돈을 많이 벌겠다는 욕심에 받은 대출과 개인 사채는 점점 나를 조여오고 있었고 집으로는 독촉장이 날아오고 핸드폰으로는 독촉 메시지와 전화가 저녁 8시까지 끊이지 않았다.

핸드폰 벨 소리가 그렇게 무섭게 느껴지기는 처음이었다. 왜 돈으로 인해 사람들이 자살하는지 그때 그 심정을 직접 느낄 수 있었다. 나 역시 시달림이 너무 힘들어 둘째 아이 축복이를 임신한 상태에서 전봇대에 차를 받고 죽어 버리고 싶다는 생각을 했으니까… 축복이를 볼 때마다 그런 생각을 했던 것이 미안할 뿐이다.

그동안 나 혼자 스스로 잘 해결할 수 있을 거로 생각했지만 그것 또한 큰 오산이었다. 일은 이미 커져 버렸고 남편의 신용까지 엉망으로 만들어 버린 상태여서 도저히 빠져나갈 수 있는 출구가 없었다. 가지 말아야 할 곳까지 가서야 나는 남편에게 사건의 진실을 말하게 되었다. 남편은 내가 벌려 놓은 어이없고 어마어마한 일들을 들으면서 이야기했다.

"내 잘못이 크다. 보험회사에 다니겠다고 했던 자기를 끝까지 말려야 했었는데… 하…"

평소에 술 한 잔도 제대로 못 마시는 남편이었지만 그날은 안주도 없이 소주만 병째로 들이켰다.

"내가 제일 화나는 게 뭔지 알아? 숨 쉴 구멍도 없이 다 망쳐 버린 게 화 나고 짜증 나. 왜 빠져나갈 구멍도 없이 이렇게 만들었어?"

한숨을 쉬며 남편이 다시 말했다.

"나 어떻게 해야 할지 하나도 모르겠고 자기와 계속 살아갈 수 있을까?라는 생각도 들어."

나는 아무 말도 할 수가 없었다. 그저 미안하고 잘못했다는 말뿐이었다. 내가 할 수 있는 것은 입으로 하는 말뿐이었다.

"이렇게 엉망으로 만들었는데 이제 와서 나 보고 어쩌라고? 이런 일이 생길 때까지 나에게 한 번이라도 제대로 말해 본 적은 있어? 언제부터인가 웃지 않는 자기의 얼굴을 보고 걱정이 되어 무슨 일 있냐고 물을 때마다 아무 일 없다고 해서 궁금해도 자길 믿고 그냥 참았는데…" 남편은 한숨만 푹푹 쉬면서 더 말을 하지 않았다.

밤새 잠도 제대로 못 자고 고민하던 남편은 아침 일찍 일어나 나에게 이야기했다.

"자기. 내가 생각해 봤는데 자기한테 정말 화도 많이 나고 실망스럽고 배신감도 들어. 그런데 우리 이대로 주저앉으면 안 될 것 같아. 자기도 잘해 보려고 시작한 일이었던 거니까 우리 다시 시작하자. 이제 뭐든 남편과 상의하고 우리 함께 하는 거야. 알았지? 혼자 해결한다고 일을 더 크게 엉망으로 만들지 말고 이제 뭐든 같이 상의하면서 해

결 방법을 찾자! 약속해 다시는 이런 일 만들지 않는다고!"

나는 그냥 주저앉아 울었다. 고맙다는 말도 미안하다는 말도 할 자격이 없다는 생각이 들어 괴로움에 울었다. 그렇게 대화를 끝내고 당장 방법은 없었지만 주저앉지 않고 그날부터 남편은 급여를 조금이라도 더 받으려고 야근까지 해 가면서 일을 하기 시작했다. 빚을 갚아 나가야 하는 우리에게 도움의 손길이 절실했고 남편은 비싼 이자를 줄이기 위해 여기저기 상담을 해 가며 방법을 찾기 시작했고 나 또한 보험회사를 그만두고 조금이라도 보탬이 되기 위해 아르바이트를 했다.

남편의 악착같은 노력 끝에 비싼 이자를 줄일 방법을 찾았고 조금씩 모든 것이 다시 제자리로 돌아올 수 있게 되었다. 그때의 힘든 상황을 어찌 다 말로 표현할 수 있을까?

제일 힘들었던 사람은 나보다도 남편이었을 것이다. 어디에 하소연할 곳도, 도움받을 곳도 없었던 남편의 그 마음을 누가 이해할 수 있을까? 아무리 가족이고 부부라고 할지라도 그 상황에 나 자신이 되어 보지 않는다면 절대 이해할 수 없다. 내가 준 고통이 얼마나 힘들지 다 가늠할 수는 없었지만 지금 내 앞에 있는 이 남자가 나로 인해 힘들어하고 있다는 사실에 마음이 아프고 미안했다. '왜 나는 이 남자에게 이렇게 힘든 일들만 안겨 주는 거지? 이 남자와 살면 안 되는 건가? 난 이 사람과 행복하게 살겠다고 한국에 왔는데 왜 이렇게 힘든 일만 겪게 만드는 걸까?'라는 생각에 더 괴로웠다.

남편과 결혼을 했다는 것 자체가 나에게 큰 죄인 것 같았다. 남편 곁에 있을 자격이 없는 여자처럼 느껴져 자존감마저 뚝뚝 떨어지기 시작했고 낮아진 자존감은 나 자신을 더욱 힘들게 하고 있었다. 우울증도 나날이 심해졌고 무슨 말만 하면 눈물이 주르륵 흘렀다. 너무 많이 울어서 눈이 아플 정도였고 눈물샘에 눈물이 그렇게 많은 것을 그때 처음 알았다. 죄책감에 남편을 옆에서 보는 것만으로도 힘들던 시기 나는 남편 곁을 떠날까? 내가 사라지면 좀 더 나은 삶을 살지 않을까? 라는 이기적이고 어리석은 생각을 하기도 했었다. 그때의 그일은 자본주의 나라에 살면서 신용과 돈에 대해 제대로 된 개념 없이 욕심과 허영심만 가득했던 나에게 최고로 비싼 교육이었고 값진 경험이었다. 어두운 곳으로 끌고 간 나를 다시 밝은 곳으로 다시 이끌어 준 남편이 얼마나 소중하고 고마운지 알게 되었고 남편과 함께 돌아온 곳은 무관심하게 지나쳐서 몰랐던 작지만 확실한 행복들이 가득한 집이었다.

아직 그 흔적들이 다 사라진 것은 아니어서 남편과 나는 계속해서 그때의 사고뭉치들을 하나씩 해결해나가고 있다. 그러나 힘들었던 그 시간을 우리는 더 나은 미래를 만들어 가기 위한 양분으로 삼고 다시 시작하고 있다. 실패는 성공의 어머니라는 말도 있지만 내가 사랑하는 사람과 가족을 힘들게 하는 그런 실패라면 한 번이라도 하고 싶지 않다는 것이 지금의 내 심정이다. 이제 더는 남편과 아이들을 힘들고 아프게 하는 일이 없도록 아내와 엄마의 역할에 충실하면서 늦게나마 깨달은 우리 가족의 일상이 주는 작지만 확실한 행복들을 누리며 검은 머리 파뿌리 되도록 살아보련다…

대한민국 여권

-S·K-

　중국에서 한국까지 무사히 왔지만, 나에게는 항상 '가짜'라는 것이 꼬리표처럼 따라다녔다.

　가짜 중국인 신분으로 한국에 들어왔다는 것이 확인되자 중국 공안은 나를 한국에서 중국으로 돌아오게 하려고 입양 등록해 주었던 분들을 괴롭혔다. 그리고 한편으로 나의 가짜 중국 여권을 관리 리스트에 등록해놓고 중국에 나온다면 언제든지 붙잡겠다는 심산으로 만반의 준비를 하고 있었다. 나를 입양 등록해 주었던 분들은 괴롭힘을 당하는 와중에도 중국으로 나오면 안 된다며 신신당부했다. 엄마 또한 나에게 "너만 안전하게 산다면 평생 못 보고 살아도 되니 절대 나올 생각 하지 말고 잘 살아라!"라고 말했다. 그 말을 들은 나는 엄마와 동생들을 평생 만나지 못할 수 있다는 생각에 두려움과 슬픔이 밀려왔고 한편으론 한국에 온 것이 후회되기도 했다. 그러나 '죽으라는 법은 없다!'라는 말을 처음 실감하게 된 것도 그때인 것 같다. 다시는 엄마의 얼굴도 못 보고 무국적자로 살 것 같았던 나에게 대한민국 국민으로 귀화 신청할 수 있는 자격이 주어졌다. 다문화 가족으로 한국에서 2년을 살면 귀화 신청자격이 주어졌고 한국에 온 지 2년이라는 시간이 되어 한국 국적 귀화 신청을 하게 되었다.

처음 한국에 왔을 때 나는 탈북민들에 대한 정책이 있다는 것과 신고만 하면 아무 문제 없다는 것을 모르고 있었다. 그런 탓에 중국인이 되어 한국 국적을 어렵게 취득했고 새로 만들어진 나의 대한민국 서류에 잉크가 채 마르기도 전에 임시 신분증을 들고 여권을 발급해 주는 시청으로 향했다. 3년이 다 되어 가도록 내 걱정만 하면서 딸을 보고 싶어도 제대로 볼 수 없다는 생각에 눈물 흘릴 엄마 생각에 후다닥 여권부터 만들어 중국에 가기로 했다. 하루빨리 가고 싶은 마음에 제대로 된 주민등록증이 나오기 전 임시 신분증을 들고 갔더니 신원보증이 필요하다 하여 남편이 신원보증을 해 주었고 3일 만에 여권이 발급되었다. 중국과는 비교할 수 없게 빠른 발급에 정말 깜짝 놀랐다.

발급된 대한민국 여권을 받아 들고 제일 앞면에 적혀 있는 문구를 보고 순간 앉아서 펑펑 울었다.

「대한민국 국민인 이 여권 소지인이 아무 지장 없이 통행할 수 있도록 하여 주시고 필요한 모든 편의 및 보호를 베풀어 주실 것을 관계자 여러분께 요청합니다.」

대한민국에 와서 내가 한 것이라고는 아이를 낳고 남편의 내조를 한 것밖에 없는데…. 내가 그토록 갈망하고 부러워하며 간절히 원했던 대한민국의 국민이 되어 자유를 찾았다는 것에 울지 않을 수가 없었다. 그 순간은 영원히 잊지 못할 순간일 것 같다.

여권의 문구를 보니 더 당당하게 중국으로 가고 싶어졌다. 나의 당당함은 하늘을 찌르는 듯했고 대한민국 국민이 되어 여권을 들고 내가 입국했던 인천 국제공항으로 향했다. 그리고 꼭 지나가고 싶었던 대한민국 여권 심사대를 지나갈 수 있었다. 그 순간을 생각하면 지금도 감격스러워 울컥한다. 그 감동과 설레는 마음을 안고 나는 중국 다롄행 비행기를 타고 인천공항을 떠나 1시간 10만에 다롄에 도착했다. 그때 나는 3살 된 큰 아이와 함께 떠났다. 중국공항에 도착한 후 입국 심사대를 통과하기 위해 줄을 서서 기다리는데 내 차례가 되어 나와 아이의 여권을 심사대 직원에게 제출했다. 그런데 유심히 보던 직원이 누군가를 호출하더니 검은 옷을 입은 경찰인지 군인인지 모를 사람이 나를 불렀다. 나는 검은 옷을 입은 저승사자 같은 사람의 뒤를 따라 심사대 안쪽에 있는 조사실 비슷한 곳으로 아이와 함께 갔다. 잠시 확인할 것이 있으니 기다리라 했고 그들은 나와 아이의 여권 조회를 하며 이야기를 하고 있었다.

두렵고 불안한 마음이 있었지만 나는 이제 당당한 대한민국 국민이라는 생각에 기 죽지 않았다. 얼마 지나지 않아 심사하던 남자 직원이 말을 걸었다.

"당신이 중국말을 할 수 있는 거 압니다. 중국어로 말하세요. 당신은 중국에서 살다가 한국으로 간 사람입니까?"

"당신의 중국 이름이 김북녀입니까?"

이 말을 들은 나는 이렇게 말했다.

"맞습니다. 중국에서 살다가 한국 남자와 결혼해서 살고 있어요. 문제 있나요?"

저승사자 같은 사람이 말했다.

"당신이 중국 여권으로 출국한 기록이 있어서 확인하려고 합니다."

그 말을 들은 나는 그의 눈을 마주 보며 당당히 말했다.

"출국할 때는 중국인이었지만 저는 지금 중국인이 아니고 한국 사람이에요. 대한민국 여권을 가지고 왔는데 문제 있나요? 그 여권에 대한민국이라고 적혀 있잖아요."

"여권에는 문제는 없습니다… 그런데…"

"그럼 당장 돌려 주세요! 어린아이도 있는데 지금 이게 뭐 하는 건가요?"

심사하던 남자는 굽힘 없이 당당하게 말하는 나의 말에 더는 추궁할 수 없었는지 다른 질문 없이 심사를 끝내고 보내주었다. 그리고 한국에 다시 돌아올 때도 나는 역시 그 공항을 이용해 무사히 집으로 돌아왔다.

'자부심과 당당함!'

대한민국 여권이란? 나에게 자부심이었고 당당함 그 자체였다.

자유를 찾은 나는 당당했고 그 당당함에 그들도 어쩔 수 없었던 것 같다. 나는 대한민국 국민이기에!

엄마라는 이유로…

- S·K -

"세상의 모든 어머니는 위대하다!"

이 말은 곧 누군가의 엄마가 되어야만 들을 수 있는 말이기도 하다. 결혼하기 전 나는 엄마에게 그냥 딸이었지만 지금은 엄마와 똑같은 위치에 있는 엄마가 된 딸이다.

나는 아이들의 엄마가 된 이후에도 엄마에게 불효했다. 제일 많이 한 불효는 바로 원망과 불만이었다. 내 기억 속에 엄마는 엄격하고 무서운 엄마, 대쪽 같고 자존심 강한 엄마였다. 나에게는 아빠보다 엄마에 관한 기억이 더 많다.

북한에서 배구 코치였던 아빠는 선수들을 훈련시키느라 집에서 가족들과 함께한 날보다는 없는 날이 더 많았으며, 예전의 전형적인 아빠들처럼 무뚝뚝하고 가족들에게 겉으로 표현을 잘 하지 않으셨던 분이었다. 그리고 결정적으로는 내가 어릴 때 사고로 돌아가셔서 아빠에 대한 기억이 별로 없다. 그로 인해 세 자매의 양육과 집안 살림은 항상 엄마의 몫이었고 엄마는 우리를 최선을 다해 키우셨다.

하지만 나는 그런 엄마에게 불만과 원망뿐인 딸이었다. 열 손가락 깨물어 안 아픈 손가락 없듯이 나도 엄마에게는 소중한 자식으로 엄마는 장녀로 태어난 나에게 해 줄 수 있는 모든 것을 해 주셨고 그만큼 기대도 컸던 것 같다. 아무리 자식이 부모 마음대로 안 된다고 하지만 나는 유독 엄마의 뜻대로 안 되는 자식이었다. 어릴 적부터 첫째인 나에게 거는 기대와 늘 엄격했던 엄마로 인해 나는 불만과 원망으로 한 번씩 청개구리 같은 행동을 하면서 자랐다. 동생들이 잘못해도 맏이인 내가 먼저 혼날 때가 많았고 아빠를 닮아 무뚝뚝하기까지 했던 내 성격은 엄마의 심기를 건드릴 때가 많았다. 어린 마음에도 나는 항상 잘하고 싶은 마음이 더 컸는데 그런 마음이 엄마에게는 전달이 안 되는 것 같아 상처를 많이 받았다.

어릴 때의 나는 엄마의 사랑을 듬뿍 받고 싶은 딸이었다. 그러나 잘못을 하여 혼날 때면 변명과 말할 기회조차 주지 않고 결론을 단정 지어 말하며 혼을 내는 엄마의 모습에 성장할수록 나의 원망도 함께 커졌다. 어른이 된 내 마음속에는 항상 그때의 어린 내가 자리 잡고 있어 아물지 않은 마음의 상처도 같이 존재했다. 몸은 자라는데 내 생각은 늘 어린아이 수준으로 생각이 자라지 않는 강정 같은 어른아이였다. 그러다 보니 나는 한 번도 엄마를 이해하려고 하지 않았다.

그러던 나에게 엄마를 이해할 수 있게 된 계기가 있었다. 철이 든 순간이라고 해야 할까? 나의 무지함으로 인해 돈의 노예가 되어 정신적, 육체적으로 제일 힘든 시기였던(보험회사 다니던 시절) 그때 나는 엄마에게 도움의 손길을 내밀었고 엄마는 나로 인해 많이 울었고 힘들어하셨다. 엄마의 형편도 어려웠기에 지인에게 부탁하여 큰 액수는 아니었지만, 얼마간의 돈을 빌려 보내주셨다. 그 과정에서 엄마와 나는 많은 말다툼이 있었고 내가 저지른 잘못의 원인이 엄마 때문이라 생각되어 원망이 더 커지고 있었다. 나 때문에 제일 걱정하고 아파했을 엄마에게 온갖 원망의 말을 퍼부으며 엄마의 마음을 더 아프게 했다. 하지만 엄마는 엄마라는 이유 하나만으로 말도 안 되는 원망을 다 들어야만 했고 마음고생까지 해야 했다.

어느 날 엄마를 원망하면서도 가슴 아파하며 우는 나를 발견하게 되었다. 그런 나에게 마음이라는 아이가 말을 걸었다.

"북녀야. 왜 우니?"

"나? 엄마가 너무 싫어! 엄마가 아프게 했던 것들 때문에 내가 이렇게 삐뚤어진 거 같아"

마음이라는 아이는 나에게 다시 말했다.

"그래? 그럼 너는 엄마를 기쁘게 하거나 행복하게 해 준 적이 있어?"

"어? 그게…"

"그럼 내가 엄마는 어떤 사람인지 알려줄 게 너는 내가 시키는 대로 해볼래?"

"그래…!"

마음이라는 아이는 이렇게 말했다.

"종이 두 장과 연필을 준비하는 거야. 그리고 한 장에는 엄마가 너에게 해 주었던 것들을 쓰고 한 장에는 네가 엄마에게 해 드린 것들을 쓰는 거야!"

나는 마음이라는 아이가 시키는 대로 먼저 엄마가 나에게 해 주었던 것들을 써 내려가기 시작했다.

엄마가 나에게 해 준 것.

1. 나를 낳아 주신 것.

2. 나에게 삼시 세끼 맛있는 밥을 해 주신 것.

3. 나를 공부시킨 것.

4. 소풍 갈 때 나에게만 달걀을 삶아 준 것.

5. 항상 나에게만 새 옷을 만들어 준 것.

6. 세상에서 제일 소중한 이름 지어 준 것.

7. 정직하게 키워 주신 것.

8. 어려운 형편에서도 나를 지켜 주신 것… 등등

계속 써 내려 가는데 끝이 없었다. 그리고 이제 내가 엄마에게 해드린 것을 써야 할 차례였다.

내가 엄마에게 해드린 것.

1. …

2. ...

3. ...

쓸 수 있는 게 아무것도 없었다. 아무리 생각해봐도 쓸 수 있는 게 없었다. 엄마에게 딱 한 번 남편과 결혼 후에 금반지를 해드린 적이 있었는데 그것마저도 빌린 돈을 갚기 위해 팔았다. 나는 펑펑 울었다. 엄마에게 미안하고 죄송한 그런 마음이 아니라 엄마의 아픈 마음이 느껴져 그냥 펑펑 울었다. 나로 인해 아팠을 엄마의 그 아픔이 나에게 그대로 전달되어 도저히 눈물을 참을 수가 없었다. 내가 그동안 엄마에게 했던 말도 안 되는 원망들을 엄마라는 이유로 들어야만 했던 엄마! 얼마나 아프고 힘들었을까? 그동안 나로 인해 엄마가 흘린 눈물들이 내 가슴에 칼처럼 꽂혀 아파 왔다.

철이 드는 시기가 따로 있는지는 잘 모르겠지만 엄마를 이해하게 되고 엄마에 대한 원망을 다 내려놓는 순간이었다. 한번 상처받은 마음은 쉽게 아물지 않는다는 것을 누구보다 나 자신이 잘 알기에 엄마의 상처를 치유해 드릴 수는 없겠지만 이제 더 이상 대못을 박는 불효는 하지 않을 것이다. 그 이후로는 엄마의 모든 것을 다 이해하려 하고 어떤 일이든지 무조건 엄마 편이 되어 엄마에게 맞춰 드리고 싶어졌다. 물론 물질적인 것도 좋겠지만 이게 지금 내가 할 수 있는 최고의 효도인 것 같다.

엄마는 북한에 있을 때 우리 셋을 굶기지 않으려고 온갖 고생을 하면서도 우리를 올바르게 키우셨고 중국에서는 자신의 모든 것을 희생하여 원치 않는 중국인 남자와 결혼까지 해가며 안전하게 자리 잡고 품 안에서 우리를 지켜 주었다. 엄마의 그런 희생이 있었기에 우리는 지금 한국에서 각자 하고 싶은 것을 하며 사랑하는 남자를 만나 결혼을 했고 연애도 하고 있다. 당연시하며 누리고 살아온 날들과 나 혼자 잘나서 해낸 것 같은 일들 그 뒤에는 엄마의 희생과 헌신이 있었기에 가능한 것들이었다.

어느 책에서 이런 글을 본 적이 있다. '어머니의 은혜를 다 갚을 길이 이번 생에는 없는 것 같습니다. 어머니의 어머니로 태어나야 가능한 일이 아닐까요?' 너무 멋진 말이지만 나는 다음 생에 다시 태어난다면 똑같이 엄마의 딸로 태어나 엄마의 바람대로 사는 착한 딸이 되어보고 싶다.

엄마가 살아계시는 동안 지금보다 더 나은 딸이 되어 행복하게 사는 모습을 보여드리기 위해 오늘도 엄마가 나에게 해 준 모든 것들을 소중하게 여기며 올바른 엄마가 되기 위해 최선을 다해 노력하고 있다.

거북이 아들과 토끼 아들

-*S.K*-

나는 남편을 만나 한국에서 살면서 슬하에 남자아이 둘을 낳았다. 거북이처럼 느린 첫째(희망이)와 토끼처럼 빠른 둘째(축복이), 희망이는 지금 초등학교 6학년이고 축복이는 이제 5살이다. 원래 우리 부부의 가족계획은 아이 한 명만 낳아서 잘 키우려고 했는데 등을 보이며 혼자 앉아서 장난감을 놀고 있는 희망이를 보니 너무 안쓰러워 보였다. 그래서 동생 축복이를 낳게 되었다.

이렇게 두 남자아이를 키우면서 나에게는 대한민국의 엄마들이 다 겪는 그런 고충 말고도 또 다른 것들이 있다. 엄마가 되는 과정도 힘들었지만, 그것보다 제대로 된 엄마의 역할을 하는 것은 더 어려운 일인 것 같다. 이전에는 한국 사회에 나만 적응 잘하면 된다고 생각했는데 지금은 한국에서 태어난 한국 아이들을 키우는 게 문제였다.

특히 초등학교 6학년인 희망이에게 그동안 엄마로서의 제대로 된

역할을 다하지 못한 것 같아 마음이 아프고 미안할 때가 많았다. 혈혈단신으로 한국에 온 후 외로운 시간을 보내고 있을 때 선물처럼 와준 희망이는 세상에 둘도 없는 나의 전부였고 분신이었다. 임신했을 때 그 사실이 너무 신기하고 기쁜 나머지 임신 테스트기를 한 번에 다섯 개를 사서 전부 다 사용할 정도로 기뻤고 행복했다.

나에게 이토록 소중한 첫째 아이지만 나는 제대로 된 부모 역할을 해 주지 못했다. 너무 소중하게 생각한 나머지 첫째 아이를 온실 속의 화초처럼 키웠다. 특히 다치면 안 된다는 생각에 아이에게 단 한 번도 넘어질 기회조차 주지 않았고 스스로 할 수 있는 것도 무엇이든지 다 해 주는 방식이었다. 처음 엄마가 되어 본 나는 모든 것을 다 해 주며 자식을 항상 지켜 주고 보호만 해 주는 것이 부모의 역할인 줄 알았다.

희망이는 그런 나의 과잉보호 속에서 스스로 아무것도 할 줄 모르는 아이로 자라고 있었고 그 때문에 초등학교에 입학하면서부터 문제가 생겼다. 북한에서 교육받고 자란 나는 한국 교육에 아는 것이 많이 부족했음에도 불구하고 아이의 교육에 대해 깊은 생각을 하지 않고 살았다. 어리석고 바보 같은 생각이었지만 어릴 적 내가 그랬듯이 모든 공부는 학교에 가서 배우는 것으로 생각하여 기본적인 한글 한 번 가르쳐 주지 않고 희망이를 초등학교에 입학시켰다. 나의 무지함과 무책임한 행동으로 인해 큰아이를 학교에서 한글도 몰라 뒤처지는 아이로 만들었다. 안 그래도 큰아이는 다른 또래 아이들에 비해 많은 것이 느린 아이였다. 마치 아픈 손가락처럼… 어쩌면 내가 무심했던 것들에 대한 결과를 인정하기 싫어서 아이가 뒤처지는 것임에도 느린 것으로 합리화시키면서 위안을 얻고 있었는지도 모르겠다. 모든 것에는 항상 때가 있는 법인데 그때를 나는 잘 모른다는 이유로 그렇게 보내 버린 것 같다. 사랑으로 낳아서 사랑으로 키운 아이를 과한 사랑으로 망치고 있다는 사실을 몰랐던 내가 너무 한심스럽게 느껴지고 부끄러운 순간이었다.

문제의 심각성을 늦게나마 알게 된 후 또래의 다른 아이들에 비해 많이 늦었지만 나와 희망이는 최선을 다해 노력하기로 했다. 나는 매일 담임선생님과 통화를 하며 아이의 학습상태를 확인했고, 선생님 또한 나의 그런 마음을 이해하여 통화할 때마다 언제나 친절히 상담해 주면서 많은 도움을 주었다. 희망이는 부족한 것이 많았지만 투정 한번 하지 않고 따라가려 애쓰며 노력했다. 한글 받아쓰기할 때마다 점수가 낮았지만 그럼에도 한 글자라도 익히고 있다는 것에 감사하며 아이에게 많은 칭찬을 해 주었고 함께 노력한 결과 한글 쓰기와 읽기가 점점 나아지고 있었다.

그러던 어느 날 학교에서 돌아온 아이를 보며 항상 그랬듯이 학교 생활에 관해 물어보았다.

"희망아. 오늘은 학교에서 어땠어?"

"네 좋았어요. 재밌었어요."

희망이는 항상 일관된 말로 대답하곤 했다. 표현력이 부족한 탓에 길게 말하는 것을 어려워했다.

"오늘도 받아쓰기했어?"

"네… 했어요… 그런데…"

"왜? 잘못했어? 몇 점 받았는데?"

그날따라 아이가 우물쭈물하며 가방을 뒤로 숨기고 있었다. 이상하다는 생각에 아이에게 다시 물어보았다.

"희망아. 몇 점 맞았어? 괜찮아! 엄마가 빵점이어도 혼낸 적 없잖아. 괜찮아 그냥 보여줘."

"싫어요! 엄마 그냥 보지 말아요!"

한 번도 희망이에게 받아쓰기 점수가 낮다고 혼낸 적이 없는데 그날 아이는 이상한 행동을 보였다. 한참을 달래서야 희망이는 가방 속에서 받아쓰기 노트를 꺼내 주었고 그 노트를 열어 본 나는 순간 눈물이 핑 돌았다. 점수를 0점에서 100점으로 고쳐놓았던 것이다. 그리고 그 노트 속에 써놓은 한글과 채점을 보면서 더 가슴이 아팠다.

학교에서 받아쓰기 10개의 문장을 시험 봤는데 희망이가 쓴 문장이 0점을 받은 이유는 한 문장마다 단어 한 개 또는 받침이 한 개씩 틀려서였다.

예를 들면 '아버지는 아주 훌륭한 분이었다.' 중에서 '아버지는 아주 [홀류한] 분이었다.' 이런 식으로 단어 하나가 틀리거나 받침이 틀린 경우였는데 열 문장 중에서 문장마다 다 한 글자씩 틀리다 보니 0점이 되었다. 글씨도 예쁘게 썼고 띄어쓰기도 잘했지만 그렇게 한 단어씩 틀린 것이 문제였다. 그 노트 속에 점수는 0점이었지만 희망의 마음만큼은 100점이었다. 얼마나 100점을 받고 싶었으면 점수를 고쳤을까? 얼마나 잘하고 싶었으면 이렇게 정성 들여 썼을까?라는 생각에 마음이 아팠다. 그리고 한편으로 선생님이 원망스럽기도 했다. 아이들 마음을 중요시했던 1학년 선생님과는 다르게 학습 성적이 우선인 2학년 선생님이 원망스러운 날이었다. 노력한 아이를 위한 작은 배려가 그렇게 어려웠던 것일까? 꼭 0점을 줘야만 했을까? 아이가 더 잘할 수 있도록 격려해 주는 것이 그렇게 어려웠을까? 라는 생각이 내 머릿속을 가득 채웠다.

슬프고 화나는 마음을 진정시키고 나는 희망이에게 말했다.

"희망아. 너무 잘했어. 0점이긴 하지만 글씨도 예쁘게 썼고 띄어쓰기도 잘했네. 정말 잘했어."

"아 그래요? 정말요?"

"그래 점수가 중요하지 않아. 최선을 다한 노력이 중요한 거지. 그런데 희망아. 점수를 고치는 것은 옳지 않아. 그건 나쁜 행동이야. 그러니 앞으로는 절대 점수 고치지 말고 있는 그대로 보여 주면 돼. 알았지?"

"네 알겠어요. 다시는 고치지 않을게요."

희망이는 그제야 얼굴이 밝아지면서 웃었다. 부족하고 모르는 것이 많고 서툰 엄마지만 아이의 마음만큼은 이해하고 격려해 주고 싶은 것이 내 마음이었다.

내가 할 수 있는 것은 희망이의 눈높이에서 말하고 힘과 용기를 주는 것뿐이었다. "희망아, 1+1은 몇이야?" 라고 물었을 때 "1+1=11이요!"라고 씩씩하게 말하는 희망이에게 "어머 그래 11도 될 수 있네. 오. 대단한데!"라고 말할 수 있는 엄마라도 되어야 하지 않을까?

그동안 또래 애들보다 뒤처지는 것이 너무 많아 마음고생도 많이 했고 여기저기 치료도 다녀보았지만, 부모의 격려와 관심과 사랑만큼 중요한 것은 없었던 것 같다. 지금은 모든 치료를 그만두고 아이와 함께 많은 시간을 가지며 여행을 자주 다니고 있다. 직접 체험하는 경험만큼 좋은 것은 없는 것 같다. 그렇게 아이와 열심히 노력한 덕분인지 초등학교 6학년이 된 지금의 희망이는 몸과 마음 그리고 생각도 많이 성장했다. 완벽하다고 말할 수는 없지만, 거북이처럼 느리게 꾸준히 성장해 가고 있는 희망이에게서 한국의 교육에 대해서도 배우고 있다. 그래서 종종 이런 소리를 듣는다. "엄마는 학교 다닐 때 이런 거 안 배웠어요?"라고…

"엄마는 북한에서 다르게 배웠어"라고 말할 수 없었기에 이렇게 말했다.

"엄마는 학교 다닐 때 공부를 열심히 안 했나 봐. 이제라도 희망이와 같이 열심히 배워야겠어."

거북이처럼 느리게 성장하는 형과 반대로 토끼처럼 빠른 동생 축복이는 외롭지 않게 잘 놀아주는 형과 함께 사랑을 듬뿍 받으며 자라고 있다. 거북이형의 부족한 점을 보완이라도 한 것처럼 동생 축복이는 5살의 아이답지 않게 첫걸음, 언어, 인지, 기억 등 모든 것이 놀라울

만큼 빠르고 정확하다. 성장 속도가 어릴 때 희망의 몇 배는 빠른 것 같다. 그런 축복이에게는 조금 더 나은 엄마의 역할을 할 수 있을 거 같아 안심되기도 하지만 내가 가야 할 길은 멀기만 하다.

아직도 나에게는 가 보지 못한 중학교, 고등학교, 대학교가 기다리고 있다. 아이들과 함께 가야 하는 이 초행길이 조금은 순탄하길 바라는 마음에 오늘도 열심히 희망이와 같이 책상에 앉아서 공부하며 배우고 있다. 모든 것에 최선을 다하는 것은 맞지만 언제나 최고가 되어야만 행복한 것은 아니기에 행복을 쫓아가는 아이들이 아닌 행복을 발견해가는 아이들로 성장했으면 하는 바람이다.

오늘도 나는 곧 사춘기를 맞이하게 될 거북이형과 에너지 넘치는 토끼 동생에게 잔소리 같은 고성을 지르며 두 아이의 미래를 같이 준비하고 있다.

쳐 먹으라니까!

- S·K -

나와 남편은 같은 언어를 사용하는 한민족임에도 서로 다른 남북한의 언어 방식 때문에 한국에 사는 동안 많은 오해와 일들이 있었다.

지금은 다른 새터민들에 비해 비교적 한국말을 잘하는 편이지만 처음 한국에 왔을 때는 나도 그들과 똑같은 높은 톤의 억양과 한국 사람들이 잘 알아듣지 못하는 단어들을 사용했다. 내가 북한에서 온 사람일 줄은 꿈에도 모르고 있던 남편은 나와 사는 동안 한 번도 들어보지 못한 언어 때문에 고생 아닌 고생을 했다.

하루는 남편을 정말 황당하고 화나게 했던 일화가 있는데 그것은 바로 내가 한 말 때문이었다.

신혼 때 집에서 내가 해준 요리를 맛있게 먹고 있던 남편이 말했다.

"자기야. 맛있긴 한데 뭔가 조금 부족해. 혹시 후춧가루 없어?"

"응. 그래? 거기 후춧가루 있으니까 쳐 먹어!"

남편은 나의 말을 듣더니 정색한 얼굴로 놀래며 나에게 큰 소리로
말했다.

"이 마누라가 미쳤나? 남편에게 처먹으라니?"

"아니 왜 화를 내? 후춧가루 거기 있어서 쳐 먹으라는데 왜 소리를
질러?!"

"자기야. 처먹으라는 것은 욕이야! 남편에게 그게 할 소리야?"

"엥? 무슨 소리야? 내가 밥상머리에서 남편에게 욕이나 할 여자 같
이 보여? 우리는 양념을 쳐 먹는다고 한다고. 처먹는다가 아니고!" 남
편은 그제야 단어의 사용이 잘 못된 것을 알고 나에게 차근차근 설명
해 주었다.

"쳐먹는다와 처먹는다, 다 똑같은 거잖아! 한국에서 그렇게 말하면
사람들이 욕하는 거로 오해하니까 다음부터는 양념을 뿌려서 혹은
넣어 먹는다고 말하면 돼! OK?"

"그래? 그래도 그렇게 화내면 어떡해!"

나는 억울해서 울먹거리기까지 했다. 그런 나를 보더니 남편은 웃
으면서 안아 주며 말했다

"그래. 미안… 밖에서 그런 말을 하면 욕먹으니까 나와 대화하면서
고쳐 나가도록 하자!"

"응. 알았어!"

나는 그때부터 남편과 대화하면서 많은 단어를 새롭게 배우고 바꿔
나갔다. 그 전에는 북한에서 배웠던 말들로 인해 습관이 된 정반대의

말들을 많이 사용했었다. 그 예로 희망이가 아주 어릴 때 나는 이렇게 말하곤 했다.

"희망아. 엄마가 숫자 배워 줄게!(가르쳐 줄게!)"라고 말했고 남편이 가끔 우울해하는 나를 보며 "자기야. 기분 괜찮아?"라고 묻는 말에도 나는 "일 없어! 걱정 마!"라고 말했다. 그러면 남편은 다시 나에게 알려주었다.

"일 없으면 걱정이 돼! 기분이 괜찮냐고 물으면 괜찮다, 안 괜찮다로 말하면 되는 거야! 일 없다는 말은 그런 말에 사용하는 게 아니고."

"어~ 알았어. 괜찮아."

바꾸겠다고 마음먹었어도 어렸을 때부터 꾸준히 사용하던 습관이라서 쉽게 고쳐지지 않았다. 북한에서 사용하던 말과 말투를 바꾸기 위해서는 정말 많은 노력이 필요했다. 무엇보다 한국에서 태어나 자라고 있는 내 아이들에게 그렇게 앞뒤가 맞지 않는 단어를 사용하는 것은 심각한 문제였기에 무조건 바꿔야 했다. 그것은 나에게 외래어를 모르는 것보다 더 큰 문제였다. 북한에서 쓰는 말을 계속해서 사용하는 것 때문에 오해받기 십상이었고 한국 사회를 살아가는 나에게 많은 불편함이 있었다.

한국에 오기 전까지는 그런 말과 단어들이 앞뒤가 이상하거나 잘못된 것으로 생각해본 적은 없었다. 그러나 한국에서 사는 동안 한국과 다른 언어도 있지만 잘못 사용하는 언어도 많다는 생각을 하게 되었다. 그리고 한국에 살면서 외래어와 잘못된 언어들을 바르게 사용하는 것만큼 힘든 것이 하나 더 있었다. 그것은 바로 존댓말이었다. 존댓말을 하는 것이 너무 어려웠다. 한국과 다르게 북한에서는 '셨'과 '신'이라는 단어를 거의 사용하지 않았다. 그 단어들은 대부분 3대째 독재정치를 하고 있는 김부자에게만 사용할 수 있는 그들만을 위한 단어였기 때문이다. 예를 들면 "어머니 오셨어요?"라고 해야 하지만 북한에서는 "어머니 왔습니까?", "어머니 옵니까?", "아버지 갑니까?" 라고 말한다. 이것이 북한 사람들이 일반적으로 어른들에게 하는 존댓말이었다. 즉 "니까?"라는 단어가 들어가면 다 존댓말이 되었다. 하지만 북한의 조선중앙방송 통신은 김부자에 대한 뉴스를 진행할 때면 꼭 이렇게 말하곤 한다. "현지 지도의 길에 오르셨습니다."라고…

우리는 그렇게 황당하고 어이없는 잘못된 것들에 대해 제대로 알지 못하고 살았다. 나는 '셨'이라는 단어가 들어가는 존댓말을 쓰기 위해 연습에 연습을 거듭하며 바꾸었다. 엄마인 내가 문법조차 제대로 사용 못 하고 존댓말도 모른다면 과연 우리 아이들은 무엇을 배울 수 있을까?라는 생각에 바꿔야 하는 모든 언어들을 매일같이 연습해 가며 바꾸었다. 그렇게 바꾸려고 노력한 덕분에 이제 탈북민이냐는 말을 듣지 않는 것은 물론이며 남편과 대화하며 생겼던 오해들도 사라졌고 사람들과 만날 때에도 불편함 없이 대화할 수 있게 되었다.

내가 이렇게 바뀌고 나니 이제는 우리 엄마의 단어 사용이 문제였다. 외할머니가 이야기하는 것을 손주들이 잘 알아듣지 못해 나에게 다시 물어보기도 했고 동생 남자친구(한국 사람)도 엄마의 말을 잘 알아듣지 못하는 경우가 있어 동생에게 물어보곤 했다. 어느 날 엄마는 동생에게 허벅지에 살이 쪘다고 이야기한 적이 있었다.

"어? 향이야 너 신다리에 살이 좀 붙었네. (쪘네)"

"향이야. 신다리가 뭐야?"라고 묻는 남자친구에게 동생은 말했다.

"어. 신다리는 허벅지야."

"아~ 그렇구나."

한국에 온 지 3년밖에 되지 않은 엄마는 바꾸고 배워야 할 것들이 많다. 한국 사회에 잘 정착하기 위해 엄마는 60세가 넘은 연세임에도 많은 노력을 하고 있다. 그 덕분에 말투가 조금씩 자연스럽게 변해가고 있는 엄마를 보니 나 또한 기뻤다.

거짓을 벗다

-*S·K*-

나와 남편은 가짜 신분으로 인한 합동 조사가 끝난 후에도 아무 일 없었던 것처럼 잘살고 있었다. 나에 대한 남편의 믿음은 확고하고 단단했기에 우리 사이에는 이전처럼 항상 평온한 듯했다. 하지만 남편이 나를 아끼고 사랑할수록 나의 불안과 두려움은 더 커져만 갔고 그렇게 커져 가는 불안과 두려움을 감추며 산다는 것은 늘 지옥과도 같았다.

얼마나 버틸 수 있을지, 아니 버텨 낼 수 있을지? 늘 전전긍긍 하며 사는 내가 한심스러웠다. 나를 사랑하고 아껴 주는 남자가 만들어주는 하루하루의 행복을 누리면서 살아도 부족한 세상인데 그렇게 소중한 것들을 나의 거짓으로 짓밟고 있었다.

그런 지옥에 살면서도 나는 끝까지 숨기며 잘 버텨 내는 것 같았다. 그러던 내가 더 이상 숨기면 안 되겠다는 생각을 하게 된 계기가 있었다.

남편은 직업이 군인이다 보니 누구보다 북한에 대해 관심이 많았고 가끔 탈북민이 남편의 부대에서 안보강의라는 것을 하였다. 탈북민이 하는 안보강의를 듣고 올 때마다 남편은 나에게 열심히 북한에 대해 설명을 해 주었다. 당신의 아내가 북한 사람일 줄 꿈에도 모른 채….

"자기야. 북한 알지? 북한과 한국이 휴전상태인 건 알아? 북한이 어떤 나라인지 내가 설명해줄게. 북한은 말이야…."

열심히 북한에 대해 설명하는 남편에게 "사실은 내가 바로 북한사람이야…."라고 말하고 싶었다.

나를 보며 진실을 모른 채 진지한 얼굴로 북한에 대해 열심히 설명하는 남편의 눈을 마주 보고 있자니 마음이 너무 불편하고 미안했다.

'난 언제까지 다른 사람의 가면을 쓰고 이렇게 살아야 할까? 하~ 정말 말하고 싶다. 북한에서 온 북한 여자라고 말해야 하는데…' 혼자 이렇게 몇 번을 되뇌었을까? 진실과 거짓 사이에서 두려움과 불안을 안고 수없이 왔다 갔다 하는 마음을 진정시킬 자신이 나에겐 없었다.

어느 날 나는 남편과 함께 탈북민들이 출연하는 '이제 만나러 갑니다'라는 프로그램을 보게 되었다. 북한 실상을 조금 더 상세히 알수 있는 채널로 남편은 꼭 나와 함께 봐야 한다고 했다. 나에게 북한에 대해 조금 더 자세히 알려 주고 싶었던것이다. 북한의 식량난과 그로 인한 북한 사람들의 생활상에 관한 이야기를…

나는 남편의 이야기를 들을 때마다 모르는 척하며 "아 그래? 진짜?"

라는 식의 호응을 도저히 보여 줄 수가 없었다. 누구보다 내가 제일 잘 알고 있는 북한 실상에 대해 어찌 모른 척을 할 수가 있을까? 솔직하지 못했던 나의 선택으로 인해 남편과 마주하고 있는 나는 가짜였고 진짜의 나는 이렇듯 지옥을 헤매고 있었다. 도저히 버틸 수 없었던 나는 남편에게 나에 대해 진실을 말하기로 결심했다. 사람답게 살고 싶었고 나답게 살고 싶었다. 내가 북한 여자라고 말하는 순간 어쩌면 이 사람이 나를 떠날지도 모른다는 두려움이 있었지만 내 자신을 찾고 나답게 살고 싶다는 생각이 용기로 바뀌어 그 두려움을 밀어내고 있었다.

'그래! 이제 다 말하자. 나를 찾고 나답게 살자. 이건 진짜 아니야. 이렇게 살려고 목숨 걸고 한국에 온 것도 아니고 또, 이렇게 살려고 이 남자와 결혼한 건 아니잖아.'

나는 더 이상의 고민은 하지 않았다. 고민하면 할수록 두려움이 꿈틀거렸기 때문이다. 그렇게 내 마음속 용기가 나를 남편에게로 이끌었다. 남편이 퇴근하여 집으로 돌아오자 나는 대화의 자리를 만들어 그동안 숨겨 왔던 모든 사실을 털어놓았다. 내 이야기를 듣고 있던 남편은 북한에서 온 북한 여자라는 이야기에 눈만 껌벅이며 아무 말도 못하고 나만 쳐다보고 있었다. 커피잔을 든 채 계속해서 쳐다보고 있었다. 충격이 컸던 탓일까? 멍하니 있던 남편의 입에서 나온 말은…

"정말? 아~ 북한에서 왔구나…. 북한 여자구나…. 자기가 북한 여자구나…."

"…"

"어쩐지 골룸을 보고 진짜인 줄 알았다고 했을 때 조금 이상하다고 생각했는데…"

"…"

"그래서 그때 우리가 합동 조사를 받았구나…"

남편은 아무 말도 하지 않은 채 내 앞에 앉아 나의 이야기를 듣고 있었다. 무슨 말을 할 수 있었을까?

"자기야. 정말 미안해… 그동안 자기에게 솔직하지 못해서 미안해. 변명처럼 들리겠지만 자기를 많이 사랑해서 솔직하게 말할 수가 없었어. 북한 여자라고 하면 자기가 나를 떠날까 두려웠어…"

남편이 드디어 입을 열었다.

"지금 사실 내 머릿속이 백지장처럼 아무 생각도 안 나. 놀래야 하는 건지 아니면 화를 내야 하는 건지 당최 무슨 말을 해야 할지 모르겠어… 시간이 좀 필요한 것 같아…"

그날 나는 남편에게 미안하고 또 미안하다고 진심으로 사과했고 남편의 어떤 결정도 받아들이겠다고 말했다. 이미 내 마음속에는 어떤 결정도 받아들일 준비와 각오가 되어 있었다. 이를테면 헤어져야 한다든지… 그러나 이번에도 그런 나의 각오와는 달리 남편은 오히려 그동안 얼마나 힘들었냐며 위로해 주었다.

"에효… 여기까지 오느라고 고생했어. 곰곰이 생각해 봤는데 그동안 나에게 숨기고 사느라 참 힘들었겠다는 생각에 안쓰러웠어. 자기가 나를 사랑하는 마음만큼은 내가 누구보다 더 잘 알고 믿으니까! 이제 숨기며 살지 않아도 돼. 우리 앞으로 행복하게 잘 살아 보자! 환영합니다. 북한댁!"

한없이 고맙고 행복한 순간이었고 남편에게 안겨 소리 내어 마음껏 울 수 있는 순간이었다. 남편을 알게 된 순간부터 결혼하고 아이를 낳아 키우는 동안 남편에게 꼭꼭 숨겨만 왔던 나의 모든 과거를 털어놓음으로 항상 나와 함께 했던 두려움과 불안으로부터 영원히 이별하는 시간이 되었고 진정한 자유와 진짜 나를 찾을 수 있게 되었다.

북한에서 왔다는 것을 이야기함으로 인해 자유를 찾은 나와 달리 남편은 더는 나에게 북한에 대한 강의를 할 수 없게 되었다. 이 글을 쓰고 있는 이 순간 북한에 대한 강의를 진지한 표정으로 해 주던 남편의 모습이 떠오른다.

제발 한번만 더 목숨 걸어요!

- S·K -

　모든 인간에게 목숨은 하나다. 그러나 새터민들은 그 하나뿐인 목숨을 수차례 내놓으면서 사람답게 살기 위해 자유와 행복, 인권이 있는 이곳 한국을 찾아온다. 우리 가족도 예외는 아니었다.

　나는 정말 인생에서 세 번 있다는 기회 중 한 번이라고 해도 과언이 아닐 정도로 매우 운 좋게 한국까지 비행기를 타고 날아왔지만, 엄마와 두 동생은 그러하지 못했다. 한국에 사는 동안 나는 많은 행복을 누리면서 살았지만, 엄마와 동생들은 중국에서 여전히 가짜 신분으로 살얼음을 걷는 듯 불안한 삶을 살고 있었다.

　내가 있을 때보다 그나마 상황이 좀 나아진 것이 있다면 동생들의 중국어 실력이 늘어서 중국 내에서 생활하는 것이 조금 편리해진 것뿐이었다. 동생들의 중국어 실력은 회사에서 통역할 수 있을 만큼 늘었고 중국 사람들과 어울리는 것에도 큰 문제가 되지 않았다. 하지만 동생들의 노력으로 이루어낸 그런 기쁨도 가짜 신분으로 인한 불안과 두려움 속에 항상 묻혀 버리곤 했다. 더 중요한 것은 중국에서의 미래가 불투명하여 제대로 된 삶을 살아갈 수 없다는 것이었다.

환경이 바뀌니 매슬로의 인간 욕구 5단계 이론에서처럼 첫 번째인 생리적 욕구, 즉 배고픔을 잊게 된 우리에게는 안전이 필요했다. 배불리 먹는 것만으로 만족할 수 있는 인간의 삶이 아니기에 우리 역시 본능에 충실하듯 안전에 대한 불안과 두려움이 커지기 시작했다. 그렇다고 안전한 곳을 우리 마음대로 선택할 수 있는 자유가 허락된 것도 아니고, 안전하게 살려면 또 목숨을 걸어야만 하는 것이 우리의 슬픈 현실이었다.

한국 땅에 먼저 온 나는 자유롭고 행복하게 사는 동안에도 단 한 번도 엄마와 두 동생을 잊어본 적이 없다. 특히나 아름다운 벚꽃과 단풍을 볼 때마다 꽃을 좋아하는 엄마 생각에 남몰래 많이 울었다.

"엄마도 꽃을 좋아하는데… 이렇게 예쁜 절경을 보면 얼마나 좋을까?"

엄마의 인생은 하루하루 저물어 가는데 자유롭지 못한 상황으로 인해 중국에서 제대로 된 여행 한번 못 다녔고 여기저기 아픈 곳이 늘어가도 병원도 제대로 다니지 못하고 있었다. 딸이 셋이어도 엄마 곁에만 있을 수는 없었기에 엄마는 시골에서 혼자 외롭게 살았다. 신분이라는 덫은 그렇게 어딜 가나 엄마와 동생들의 삶을 옭아매었고 두려움과 불안 속에 고립되어 있었다.

그러던 어느 날 나는 저녁 뉴스에서 북한에 살던 가족 모두가 함께 한국으로 왔다는 소식을 접했다. 그 순간 나는 굳게 마음을 먹고 중국으로 전화를 걸어 엄마에게 이야기했다.

"엄마. 이제 중국에서 살지 말고 한국으로 와요! 한국에 와서 우리하고 같이 자유롭게 살아요!"

"그러게… 한국 가는 사람들이 많더라. 그런데 이제 엄마는 나이도 많고 이 나이에 무슨 부귀영화를 더 누리겠다고 목숨 걸고 가겠니? 난 여기서 이렇게 살다가 죽으면 된다(이렇게 말했던 엄마가 지금은 멋진 노후를 위해 가족 중에서 누구보다도 열심히 일하면서 돈을 벌고 계신다). 나 말고 네 동생 향이랑 진이가 한국 갔으면 좋겠다."

전화기 너머의 목소리는 내가 알던 엄마가 아니었다. 언제나 대쪽 같고 추진력과 박력이 넘치던 강한 엄마의 목소리가 아니었다. 엄마가 많이 늙으셨다는 생각을 그때 처음으로 하게 되었다. 살면 얼마나 더 살겠냐고 엄마 걱정은 하지 말라고 했지만, 오히려 엄마의 생각뿐이었고 제일 걱정이 되었다. 무엇보다도 엄마가 더 이상 불안해하지 않고 남은 생을 한국에서 자유롭게 살았으면 좋겠다는 생각이 강했다. 동생들도 불안하고 두려운 그곳에서 희망과 미래가 없이 살게 하기 싫은 마음에 나는 계속해서 동생들과 엄마를 설득하기 시작했다.

"엄마! 한국에 오면 병원에 혼자 가서 어디가 아프다고 말도 편하게 하고 엄마가 어디를 가든지 절대 붙잡힐 일도 없고 우리 보고 싶으면 얼마든지 함께 만날 수도 있고 얼마나 좋아요? 그리고 엄마가 아프면 우리 셋 다 불안해요. 무슨 일이 생길까 봐… 그러니 엄마 제발 한 번만 잘 생각해봐요?"

"그래. 그건 알겠는데. 내 나이가 60이 넘었는데 그 험하고 위험한 길을 어떻게 가니? 가는 길에 죽을까 봐 무섭다…"

"엄마! 동생들이 있잖아요. 그리고 내가 열심히 기도할게요. 제발요?"

"가다가 죽는 사람도 있다는데 무사히 갈 수 있을까?"

"엄마가 오지 않는다고 하면 동생들이 어떻게 오겠어요? 그러니 엄마 제발 한 번만 더 목숨 걸고 와요!"

나는 엄마에게 애원했다. 동생들 역시 불안하고 무서운 것은 마찬가지였다. 엄마와 동생들을 설득하기 위해 머릿속에서 떠오르는 모든 말들을 꺼내어서 했던 것 같다.

"향이야. 진이야. 이렇게 불안한 곳에서 계속 살고 싶어? 결혼도 해야 할 텐데 태어나는 아이들은 어떻게 할래? 그냥 이렇게 아무 의미 없이 불안하게만 살 거야? 우리 한 번만 더 목숨 걸어보자! 자유롭게 살기 위해서니까 목숨을 걸 가치가 있잖아!"

목숨을 건다는 것 그 자체가 곧 생사가 걸린 일이기에 두렵고 무서운 것은 당연했다. 하지만 평생 그런 삶을 살게 할 수는 없었기에 오는 길은 괜찮다고 끈질기게 설득하며 안심시켰다. 나의 오랜 끈질긴 설득 끝에 드디어 둘째 향이가 한국으로 오겠다고 결정했고 그 결정을 엄마와 막냇동생 진이도 따라주었다.

"엄마. 걱정하지 말아요. 오는 길을 하나님이 지켜주실 거예요! 그리고 내가 간절히 기도할게요."

엄마는 여기저기 수소문하여 한국으로 올 수 있게 도와주는 브로커들을 찾았고 그들의 지시에 따라 움직이기로 했다.

드디어 2016년 2월 중국에서 보내는 설 명절을 마지막으로 우리 가족은 두려움과 불안으로부터 헤어질 준비를 끝내고 자유를 찾아 한국으로 출발했다. 우리는 안전 확인을 위해 상황이 허락하는 한 연락을 틈틈이 하기로 했다. 혹시라도 연락할 수 없는 상황이 되었을 땐 미리 알려 주기로 약속했다. 동생들과 엄마에게 목숨 걸고 오라고 말은 했지만, 중국에서 출발했다는 소식을 들은 그날부터 나의 초조함은 최고로 극에 달했던 것 같다. 두만강을 건널 때처럼 또 심장이 조이는 듯한 긴장감 그리고 두려움과 무서움이 동시에 밀려왔다. 출발한 그날부터 나는 매일 새벽 4시가 되면 무릎 꿇고 기도를 했다.

"주님!

오늘은 우리 가족이 사람답게 살고자 귀한 목숨 걸고 한국으로 출발한 날입니다. 여기 한국으로 오는 여정은 매우 험난하고 힘든 여정입니다. 주님. 오는 길에 중국 공안의 눈에 띄지 않게 보호해 주시고 높은 산을 만나면 그 산을 넘을 힘을 주세요. 또한, 넓고 깊은 메콩강을 건너야 할 때면 물결이 잠잠해지도록 해 주시고 어느 곳 어떤 상황에서도 셋이 늘 함께 있게 해 주시고 서로가 힘이 되게 도와 주소서…두렵고 힘들어 지칠 때에도 포기하지 않으며 낙심하지 않게 해 주시고 엄마와 동생들을 지켜 주세요. 한국에 무사히 도착하여 자유의 나라에서 제대로 된 삶을 살아갈 수 있도록 인도하여 주시옵소서…

아멘."

내가 할 수 있는 것은 기도와 기다림뿐이었다. 나에게는 절실함과 간절함이 담긴 기도였고 불안한 마음에 기도라도 하지 않으면 잠을 제대로 잘 수가 없었다. 그리고 눈만 뜨면 핸드폰을 확인하며 기다리고 또 기다렸다.

그토록 간절히 바라던 나의 바람은 드디어 이루어졌다. 엄마와 동생들의 목숨 건 한국행이 우여곡절 끝에 성공하여 2016년 3월 자유의 한국 땅을 밟게 되었다. 엄마와 동생들은 그때 이야기를 잠깐 들려주었는데 산을 넘어 태국으로 가야 하는 과정에서 발이 푹푹 빠지는 진흙으로 덮인 아주 높은 산을 넘을 때는 모두가 죽을 만큼 힘들었다고 했다. 얼마나 힘들었는지 엄마는 중도에 포기하고 다시 중국집으로 돌아가겠노라며 펄썩 주저앉아 울었다고도 했다.

그때 중국을 넘어 태국으로 가는 과정에서 나의 천사 동생 향이가 몸과 마음고생을 많이 했다. 처음 출발할 때 들었던 짐들은 다 버려야 할 정도로 몸이 천근만근 힘이 들었고 두껍게 입었던 옷도 무게를 줄이기 위해 최대한 벗어 버려야 할 정도로 험했던 지옥의 산이었다고 한다. 목숨을 건 생사의 갈림길에서 죽고 싶을 만큼 힘들었던 그때의 과정을 말로만 전해 들었는데도 동생들과 엄마가 얼마나 힘들고 무서웠을지 내 부모 형제이기에 그 고통이 나에게 고스란히 전해졌다.

지금은 우리 가족 모두가 함께 한국에서 살고 있다. 이제 불안과 두려움이 없고, 기다림과 헤어짐 없이 보고 싶을 때 언제든지 맘껏 볼 수 있는 곳에서 함께 살고 있다. 엄마는 내 바람대로 한국에서 예쁜 꽃들과 단풍도 보며 살고 있다. 또 손주들의 재롱에 행복해하며 대한민국의 평범한 여느 할머니들처럼 즐겁게 살고 있다. 두려움과 불안한 삶 속에서 용기를 내어 선택한 한국행은 우리 가족에게 말로만 듣던 자유와 소중한 행복을 만들 수 있도록 길을 열어주었다. 지금은 대한민국의 구성원 한 사람으로서 각자의 자리에서 자유와 행복을 느끼며 이 모든 소중함을 함께 누리며 살고 있다.

PART 4 /

북한댁이 전하는 이야기

한국에서 만난 북한

국정원과 하나원이라는 곳은 한국에 온 모든 탈북민이 무조건 거쳐야 하는 곳이다. 그곳은 탈북민들의 한국 사회 정착을 돕기 위해 3개월간 한국 생활에 필요한 것을 전반적으로 가르치는 아주 중요한 곳이기도 하다.

나는 탈북민으로서 받아야 하는 국정원에서의 조사와 초기 정착에 필요한 교육을 하는 하나원을 한국에 온 지 12년이 되어서야 가게 되었다. 엄마와 동생들이 목숨 걸고 한국에 오게 되면서 국정원 조사 중에 나의 신분을 숨길 수 없게 되어 2017년에 국정원에서 조사를 받고 하나원으로 가게 되었다.

사실 신분을 숨기고 살기는 했으나 간첩도 아니었고 무엇보다도 2010년도에 나는 이미 중국인으로 가장한 신분으로 대한민국 국적을 취득한 다문화 가족이었기 때문에 합동 조사를 받을 것이라고는 생각을 하지 못했다. 남편의 직업으로 인해 또 다른 오해와 피해가 될까 두려워 엄마와 동생들에게 한국에 도착해서 국정원에 가면 나에 대해서 모른다고 말하라고 했다. 참 단순하고 어리석은 생각이었다.

국정원이라는 곳이 어디 그렇게 허술한 곳이던가! 동생들과 엄마가 한국에 도착하여 국정원에서 신분에 관한 조사가 이뤄지면서 나에 대해 이야기를 하지 않으려고 했지만 더 이상 숨기면 안 되겠다는 생각에 엄마와 동생들은 사실대로 말하게 되었다. 그리하여 나도 합동 조사 후 국정원에서 모든 탈북민이 필수로 받는 조사를 받게 되었다. 탈북민으로서는 정말 극히 드물게 한국 국적을 취득한 후 국정원에 가서 조사받게 되었다.

대부분의 탈북민은 한국 국적과 주민등록증을 국정원과 하나원을 거쳐 만들어서 갖고 나오지만 나는 반대로 사용하던 주민등록증을 가지고 국정원에 들어갔다. 그리고 국정원에서 조사받는 동안 나는 그곳에서 제공하는 숙소에 묵으면서 생활을 했다. 그 당시 처음 국정원으로 갔을 때 그곳 환경에 너무 놀랐고 북송되는 것 같은 착각이 올 정도였다. 이유인즉 이미 한국에서 10년 넘게 살아 한국 사회와 말에 적응이 된 나에게 19년이 되어 다시 만난 북한 사람들은 너무 어색했고 괴리가 생겼으며 내 정체성에 혼란이 오기까지 했다. 이미 다 잊고 살아온 북한 말투며 알아듣지 못할 언어들이 마구 쏟아져 나왔고 누구와 어떤 대화를 해야하는 건지 도저히 갈피를 잡을 수 없었다. 거기에 일하는 모든 직원분 또한 탈북민들을 배려하는 차원으로 북한말을 사용하고 있었다.

"여기 원주필로(볼펜) 이름 쓰세요!"

나에게 서류에 싸인을 하라고 말하는 그 직원 또한 북한 단어들을 사용하고 있어 그 말을 듣고도 바로 알아듣지 못해 한동안 망설였다.

"네?"

"여기 원주필로 이름 쓰라고요!"

직원이 볼펜을 들면서 이야기하는 순간 나는 볼펜이 원주필인 것이 생각났다. 이것은 시작에 불과했다. 내가 잊고 살았던 북한의 억양과 단어들은 국정원에 있는 동안 나를 힘들게 했다. 함께 지내게 될 사람들과 인사도 해야 하는데 한국말에 이미 익숙해져 버린 나는 북한말이 쉽게 나오지 않았다. 어이없는 상황은 거기 있는 동안 계속해서 일어났다.

"저기요! 매트리스 지퍼가 망가졌는데 다른 것으로 바꿔줄 수 있나요?"

"네? 뭐라고 했슴까?"

"지퍼… 그거 있잖아요, 지퍼…(지퍼를 뭐라고 불렀지?)"

북한에 있을 때 내가 알던 지퍼를 작꾸(함경북도식)라고 불렀지만 그 단어가 전혀 떠오르지 않았다. 그곳에서 지급하는 생필품을 관리하는 사람 또한 새터민이었는데 같은 고향 사람을 만나 대화를 하는 것이 그렇게 힘들 줄이야! 같은 북한 사람이기는 하나 한국에 온 지 며칠, 몇 달밖에 되지 않은 사람들과 어울리기가 쉽지 않았다. 내 주변에서 듣던 새터민들이 수군거렸다.

"야! 저 여자 뭐라니?"

"모르겠다. 북한 여자 아닌가?"

"북한 사람이니까 여기 왔겠지. 그런데 왜 북한 말 안 하고 한국말 한다니? 잘한다고 자랑하는 거야 뭐야?"

이러쿵저러쿵하는 말들보다 더 힘든 것은 알아듣지 못하는 단어들 때문에 느끼는 답답함이었다. 내 마음은 그들과 대화를 잘하고 싶은 데 사용하는 단어가 달라서 서로 잘 알아듣지 못하니 정말 미칠 지경 이었다. 손짓발짓해가면서 이야기하고 나서야 필요한 물건을 가져올 수 있었다. 겨우 하루가 되었을 뿐인데 그로 인해 지치고 피곤한 나의 머릿속에는 하루빨리 집으로 돌아가고 싶다는 생각뿐이었다. 그때 처음으로 북한 여자와 사는 남편의 입장이 되어 문화의 차이를 느끼 는 계기가 되었다. 잠시 잠깐 같이 있는 나도 이렇게 답답한데 그 오 랜 세월 나와 함께 살아온 남편은 얼마나 답답했을까? 라는 생각에 남 편에게 고마운 하루였고 빨리 보고 싶었다.

스스로 북한 말투로 갑자기 바뀌지지도 않았고 잘 알아들을 수도 없는 그 말들을 들으면서 이곳에서 얼마나 있게 될지 겁이 났고 북한 으로 다시 돌아간 것만 같았다. 국정원에서 보름 넘게 생활하는 동안 어지럼증과 두통도 생기고 스트레스가 극도로 달해 살이 빠지기까지 했다. 나의 사정을 아는 분들은 그곳에 있는 직원들뿐인데 그 사람들 에게 이야기할 수도 없는 상황이었다. 조사가 끝나기 전까지 나갈 수 없는 것만은 확실하니 최대한 잘 적응해 보기로 했다.

아이러니하게도 북한에서 사용했던 단어들은 기억이 떠오르지 않았지만, 조사실로 들어가기만 하면 없던 기억도 다시 되살아났다. 그곳은 죽은 사람의 기억도 살려낼 수 있는 마술의 방 같은 무서운 곳이 분명했다. 국정원 조사에서도 역시 나는 군인 남편을 만난 것이, 남편은 하필 북한 여자를 만난 것이 문제였다. 역시나 우리의 신분이 끝까지 문제였다. 억울하고 답답한 마음에 조사관에게 이런 말을 했다.

"한국에서 장교도 아닌 부사관과 결혼하여 아이 2명을 낳고 빚지고 사는 여간첩도 있나요?"

"그래도 조사는 받아야 해요."라고 조사관은 웃으며 말했다.

하루가 한 달 같이 긴 시간을 보내면서 하나원으로 옮겨 갈 날만 기다리고 있던 어느 날 나의 사정을 알고 있던 국정원 직원 한 분이 나에게 다가와 말을 걸었다.

"북녀씨! 여기 있기 많이 힘들지?"

"네! 너무 힘드네요. 적응이 안 돼요…"

"그래 그럴 거야. 조금만 참아! 조사가 끝나면 바로 집으로 돌아갈 테니! 집에 가면 남편에게 잘해요!"

나의 힘듦을 알아주는 그 직원의 말이 조금은 위안이 되었다. 어느덧 조사가 끝나고 하나원으로 가는 날이 되어 나와 같은 시기에 조사를 마친 새터민들과 함께 국정원을 떠나기 위해 버스에 올랐다. 버스를 타고 하나원으로 출발할 때 그곳에서 엄격하게 조사하시던 직원

분들과 관계자분들이 나와서 배웅하고 있었는데 그들이 하는 말은 모두 하나같았다.

"가서 잘 살아요. 정착 잘하고 힘든 일이 있어도 잘 이겨 내고 멋진 모습으로 만나요!"

조사할 때 느꼈던 살벌함과 엄격한 줄로만 알았던 그들의 따뜻한 말과 손을 흔들어 배웅해 주는 모습에 대부분의 새터민이 눈물을 흘렸다. 남과 북을 떠나 사람과 사람의 따뜻한 정이 느껴지는 순간이었다.

우리가 탄 버스가 보이지 않을 때까지 손을 흔들며 배웅해 주는 그들을 뒤로하고 하나원을 향해 출발했다.

만나고 헤어지는 하나원

우리가 하나원에 도착했을 때는 점심시간이 되어 가고 있었다.

내 기억 속 하나원의 모습은 아직도 잊히지 않는다. 국정원과는 너무 다른 겉모습의 하나원! 내가 느낀 국정원의 건물 외부는 부드럽고 온화한 풍경이었지만(국정원은 조사 때문에 받은 느낌 때문인지 내부는 아주 살벌한 곳이었다) 하나원의 외관은 벽돌색 높은 건물과 담벼락이며 문을 지키고 있는 경찰들로 인해 살벌하게 보이는 곳이었다. 하나원의 외관 건물을 보고 얼마나 놀랐는지 그날 버스에 함께 탔던 새터민의 말이 아직도 생생하다.

"아니 여기 감옥 아님까? 우리를 왜 이런 데로 데려옵니까? 여기 하나원 맞슴까?"

우리와 동행했던 국정원 직원은 웃으면서 하나원이 맞으니 안심해도 된다고 이야기했었다. 매 순간을 불안과 두려움 속에 살아왔으니 살벌한 건물의 외관만 보고도 놀라는 그들의 마음을 나는 충분히 이해한다.

하나원이라는 글자가 보이자 조금은 안심이 된 듯 그들은 국정원에서 가지고 온 짐과 함께 마음의 짐도 풀었다. 나 또한 그들과 함께 하나원 생활을 시작하기 위해 짐을 풀었다.

국정원보다 몇 배 더 많은 새터민이 생활하는 하나원은 북한 타운 같은 느낌이었다. 탈북 이후 한 번도 북한 사람들을 만나 어울려 본 적이 없었는데 국정원과 하나원에서 수많은 새터민과 원 없이 어울리며 생활하게 되었다. 국정원에서의 놀랐던 마음과 울렁증이 가시지 않은 채 하나원으로 이동한 탓에 심적으로 힘들었던 나는 하나원 생활지도과 선생님께 바로 상담 요청을 하여 방을 따로 사용하고 싶다고 말했다. 선생님은 최대한 배려해 주려 했지만 당장 빈방이 없기에 조금 기다려 보라고 했다. 그렇게 기다리기 3일쯤 되었을까? 나 자신도 북한 사람이면서 그들과 제대로 어울리지 못하는 내가 왠지 한심스러웠다. 그들 또한 내가 나고 자란 고향에서 나와 같은 이유로 온 나의 이웃들인데 한국에서 그들보다 조금 더 오래 살았다는 이유로 멀리하고 있는 내가 창피하게 느껴졌다. 나는 다시 생각을 바꿔 생활지도과 선생님께 방을 원래대로 쓰겠다고 말하고 나의 이웃들과 함께 어울려 지내기로 했다. 그리고 하나원에서 살아야 하는 2개월이라는 시간을 어떻게 보낼 것인지 곰곰이 생각하게 되었고 그곳에서 할 수 없는 것보다는 할 수 있는 것들에 집중하기로 했다.

하나원에서는 기수마다 봉사 도우미를 뽑았었는데 단체생활을 하다 보니 모든 일에 도우미가 필요했다. 미용 도우미, 치과 도우미, 학습 도우미, 도서관 도우미, 재봉 도우미 등등… 나는 생활지도과 선생님께 도서관 도우미를 꼭 하고 싶다고 말했다. 독서를 좋아하던 나는 도서관에서 책을 대여하는 새터민들에게 아무런 책이 아닌 좋은 책을 추천해 주고 싶었다. 그들에게 작은 도움이 되고픈 마음에 꼭 하고 싶은 일이었고 그런 나의 바람대로 한 달간 도서관 도우미가 되어 그들에게 좋은 책들을 추천해 주었다. 그리고 그들이 궁금해하는 한국 사회와 정착에 대해 도움이 될 만한 이야기도 해 주었다. 세탁기 사용하는 방법, 쓰레기 분리수거하는 방법 그리고 한국말을 잘하는 방법 등등…

내가 한국에 살면서 알게 된 모든 것들을 그들과 공유했다. 그중에서 제일 많이 들었던 질문은 한국은 어디가 제일 살기 좋냐고 묻는 것이었다. 배정받는 집이 각자 다르다 보니 묻는 지역도 다양했다. 인천은 어떠냐? 서울은 어떠냐? 그런 그들에게 내가 해 줄 수 있는 말은 많지 않았다. 그래서 말했다.

"내가 정 붙이고 살게 될 곳이 곧 제일 살기 좋은 곳이 될 거고 천국인 거야!"

언젠가부터 나는 그들이 궁금해하는 것에 무엇이든 답변해 줄 수 있는 하나원의 네이버 지식인이 되어 있었고 고향 사람에게 도움이 되는 것이라면 무엇이든 즐겁게 하고 있었다.

그리고 하나원에서는 탈북민에게 기본적으로 가르치는 교육들이 있는데 하나원에 들어가지 않았다면 몰랐을 것도 많았다. 그중 대표적인 것이 국정원과 하나원에서 배운 애국가와 태극기에 관한 것이었다. 나는 그때까지 제대로 몰랐던 애국가를 그곳에서 4절까지 완벽하게 배우고 불러보았다.

하나원에서 대부분 교육시간은 외래어와 한국말을 배우는 시간이었는데 한국생활에 어느 정도 적응한 내게 있어 하나원 교육 중 제일 지루했던 수업시간이기도 했다. 교육용으로 나오는 자료는 외래어를 북한말로 번역을 한 것이었는데 나는 거꾸로 북한말을 배우는 듯 했고 그중에는 내가 모르는 단어도 있었다. 이렇게 외래어를 배우는 시간은 지루했지만, 하나원의 모든 교육과정은 한국 사회에 정착하는 탈북민들에게 많은 도움이 되고 있었다.

답답하고 힘들 것만 같았던 두 달간의 교육을 마치고(모든 보호자는 3개월의 교육이지만 나는 한국에 10년 이상 살았기 때문에 2개월의 교육만 받았다) 함께 생활했던 동기 교육생들과 헤어질 시간이 다가왔다. 하나원에서의 교육을 마치면 남은 후배들이 떠나는 선배들에게 축하공연을 해 주는 시간도 있다. 나는 2개월만 채우고 나오다 보니 선배 기수와 함께 나왔지만, 선배 기수를 위해 동기들과 함께 축하공연을 준비했다. 개인적으로 남아 있는 동기들과 한국 사회로 나가는 선배들에게 축하와 헤어짐의 서운한 마음을 전하고 싶어 축하공연에 참석하게 된 것이다. 그곳에서 유일하게 내가 할 수 있는 작은 선물이라고 해야 할까? 그렇게 떠나기 전날 열심히 준비한 축하공연을 마치고 나는 기숙사로 돌아와 집으로 돌아갈 준비를 했다.

드디어 하나원을 떠나는 아침이 되었다. 하나원의 수료식은 항상 눈물바다라고 한다. 그날도 예외는 아니었다. 특히, 한국 사람들에게도 익숙한 북한 노래 '우리 다시 만나요'는 하나원 수료식에서 항상 불리는 노래다.

"잘 있으라. 다시 만나요! 잘 가시라 다시 만나요! 목메어 소리칩니다. 안녕히 다시 만나요!"

눈물바다였던 졸업식을 마치고 우리 모두 집으로 향하는 버스에 몸을 실었다. 그날 함께 졸업식을 마친 새터민들은 각자 배정받은 집으로 향했고 나는 남편과 아이들이 기다리고 있는 집으로 향했다. 한국 사회에 잘 정착하여 서로 잘 사는 모습으로 기쁘게 다시 만날 그날을 기대하며…

비보호

'비보호'라는 이 단어는 운전할 때 많이 사용한다. 대한민국에서 운전하는 사람이라면 누구나 알고 있는 단어.

이 단어가 있는 표지판에서 사고 나면 누구든지 보호받기 힘들다. 보호하지 않겠다는 뜻이니까, 그래서 나는 운전 경력 10년이 되어 가지만, 비보호 구역에서는 절대 서행한다. 앞뒤와 옆을 잘 살피면서 천천히…

이런 비보호라는 단어를 이 책의 한 갈피에 이렇게 쓰게 될 줄 과연 알았을까? 나에게는 새터민이라는 것 외에 또 다른 이름 '비보호자'라는 단어가 따라다닌다. 한국 사회에서 대부분 사람은 새터민들이 한국에 오면 백 명이면 백 명, 천 명이면 천 명, 묻고 따지지도 않고 모두가 혜택을 받는 것으로 알고 있다. 북한 사람이라고 밝히면 집은 어디에 받았냐, 돈은 얼마나 받았냐?라는 질문을 많이 한다. 그런 질문을 하는 그들을 나는 충분히 이해한다. 새터민들이 한국에 와서 어떤 혜택을 받고 살아가는지, 국민들이 내는 세금들이 어떻게 쓰이는지에 대해 궁금해하는 것 또한 당연하다. 정확하게 모든 것을 다 알 수는 없지만, 최소한 국민들이 내는 세금을 절대로 아무렇게나 쓰고 있지 않다는 것만은 확실히 알고 있다.

통일부에서는 5년 동안 탈북민들의 정착과 보호를 위해 소위 보호 기간이라는 제도를 시행하고 있다. 탈북민들이 한국 사회의 구성원으로 자리 잡기 위한 첫걸음을 쉽게 뗄 수 있도록 도와주는 제도이다. 5년 동안의 보호 기간에 해당하는 사람들은 임대주택에서 살 수 있고 정착금도 지원받으며 필요한 교육과 취업에 관련한 혜택도 받는다. 하지만 이런 혜택들이 모든 탈북민에게 다 적용되는 것만은 아니다. 통일부에서는 탈북자 중 보호자와 비보호자로 분류하여 혜택을 받을 수 있는 사람(보호자)과 받을 수 없는 사람(비호보자)으로 분류한다. 일반적으로 보호자란 북한에서 탈북하여 한국에 들어와 바로 경찰서 (국정원)에 신고한 사람을 말하며 이들에게는 생활에 필요한 모든 혜택이 주어진다. 단, 보호 기간이라도 3개월 이상 외국에 나가서 살면 모든 혜택은 중단된다. 그리고 비보호자란 한국에 왔으나 몰라서 신고하지 않은 상태로 한국에서 1년 이상 산 사람을 말한다.

나 또한 10년 이상을 남편과 함께 한국에서 살아온 사람이기에 비보호로 분류되어 아무런 혜택이 없었다. 남편에게는 숨겨 왔지만, 경찰서에 신고해도 아무 문제가 없고 보호받을 수 있다는 것을 모르고 살았다. 만약 알았다면 간첩으로 오해도 받지 않았을 테고 고생하지 않고 한국 사회에 잘 정착했을 텐데…

새터민들이 한국 사회에 잘 정착하기 위해서 북한과는 매우 다른 환경으로 모르는 것은 배워야 한다. 만약 그런 과정이 없이 바로 한국 사회로 나간다면 아마 제대로 적응하고 버텨 낼 사람이 별로 없을 것이다. 그렇기에 거의 모든 탈북민은 정착하기 위한 첫 번째 단계를 하나원에서 이수하고 나오는 것이다. 하지만 비보호자들은 보호받지 못하는 상태로 바로 한국 사회에서 생활해야 한다. 비보호자들은 한국 국민들이 흔히 생각하는 집과 정착금 지원도 없이 지원받는 것이라고는 대한민국 시민이 되는 주민등록증뿐이다. 나도 비보호자이긴 하나 극히 운이 좋아 지금의 남편을 만났고 한국에서 힘든 몇 번의 고비는 있었지만, 현재는 행복하게 가족들과 잘살고 있는 평범한 주부로 나와 같은 경우는 아주 드물다고 말할 수 있다.

새터민들에게 보호, 비보호 제도가 필요한 것은 분명 맞지만 대부분의 비보호자들도 보호자들과 똑같이 한국 사회에 정착하기 위한 도움이 필요하다. 하지만 현재 그들을 위한 제도는 어디에도 없고 문제가 생겨도 제대로 상담해 주는 곳조차 없다. 비보호자들이 스스로 자립할 수 있도록 최소한의 상담이라도 제대로 받을 수 있는 곳이 있다면 얼마나 좋을까? 내 주변에는 비보호자라는 이유로 한국 사회에 나오면 당장 갈 집이 없고 무엇부터 해야 하는지 또 어떻게 살아야 하는지 막막한 사람들이 있다. 쉼터가 있다고는 하지만 6개월 동안 그곳에서 무엇을 할 수 있을까? 돈을 벌 수도 집을 구할 수도 없는 쉼터는 말 그대로 잠시 쉬어가는 곳일 뿐 아무런 도움이 되어 줄 수 없다. 혜택받지 못한 것이 큰 죄가 되는 것처럼 물어 오는 사람들도 있다.

"아니 왜 혜택 못 받아? 집도 주고 정착금도 준다는데 왜 못 받았어?"

"사정이 있어서 못 받았어요…"

"혹시 간첩 아니야? 그래서 못 받은 거 아닌가? 뭔가 잘못했구나."

말도 안 되는 오해와 편견들로 인해 비보호자들의 고통은 겹겹이 쌓여 극심한 마음의 병까지 생겨 생활하는 데 어려움이 많다. 그럼에도 불구하고 비보호자들은 힘든 상황과 어려움을 이겨내고 정착하기 위해 하루하루 최선을 다하며 살고 있다.

새터민들을 위해 직, 간접적으로 도움을 주는 많은 분이 계시는데 그중 아주 소수 사람이 새터민들에게 이런 말을 하는 것을 들었다.

"누가 한국으로 오라고 강요했나요? 아니잖아요?"

맞는 말이지만 그 말을 들으면 마음이 아프고 어떻게 말해야 할지 참 속상하고 답답했다. 무슨 말이든 대꾸하고 싶었지만 나 자신도 북한에서 왔다는 말을 못 하고 살았으니까… 이렇듯 자존감이 낮아 자신을 찾지 못하고 사는 새터민들이 많고 이런저런 아픈 생각을 많이 하게 되는 순간이다.

내가 한국을 선택한 이유는 딱 하나였다. 우리는 다른 것도 많지만 닮은 것도 많은 한민족이니까! 지금도 나는 한국에 온 것을 후회하지 않는다. 아니 후회라는 그 단어를 떠올려본 적도 없다. 물론 많은 일이 있었고 또 편견과 오해로 인해 마음의 상처와 고생도 있었지만, 그것은 사람이 살아가면서 어디서든 누구든지 겪을 수 있는 일이고 그 모든 것들은 언제나 내 선택에 의한 것들이었기에 후회하지 않는다.

오히려 한국에 와서 감사한 일들이 더 많은 사람이고 그리고 무엇보다도 소중한 자유를 누리면서 살고 있기에 그것만으로도 충분하다. 그러나 비보호자들이 겪는 것은 같은 새터민들 사이에서도 또다른 고통을 받는 것이기에 비보호자들에 대한 제도는 확실히 바뀌어야 한다는 것이 내 개인적인 생각이다.

서툰 글솜씨지만 이 글을 쓰면서 비보호자들과 대한민국 국민으로서 떳떳하게 살고 싶은 새터민들의 간절한 마음을 조금이나마 담아보려고 노력하였다. 남북 관계에만 봄이 오는 것이 아니라 비보호자 새터민에게도 따뜻한 봄이 오길 바라면서…

종교

나에게 종교는 특별하다. 무신론자들도 있지만 많은 이들이 종교를 믿게 된 계기와 사연은 다양한 듯하다.

내가 처음 중국에서 만난 종교는 기독교였다. 중국에서의 교회는 나의 마음속 이야기를 속 시원히 털어놓고 말할 수 있는 유일한 안식처 같은 곳이었다. 나의 마음은 늘 불안하고 두려웠기에… 그리고 한국에서 다시 만난 교회는 욕심보다는 내가 가진 것에 감사하며 나 자신을 다시 찾을 수 있게 해 준 곳이었다. 그전에 내가 교회를 다니게 된 계기는 순전히 남편과의 결혼 조건 때문이었다.

결혼 전 어느 날 남편이 나에게 이렇게 말을 했었다.

"자기야. 누나들이 자기가 교회를 다녔으면 좋겠다네. 그럼 더 바랄 게 없다네." 그 이야기를 듣고 바로 대답했다.

"그래. 나쁜 것도 아닌데 뭐 알았어. 다녀 볼게."

단순하고 명료한 것을 좋아하는 내 성격에 딱 맞는 조건이었다. 그리고 살짝 당황하기도 했다. '세상에?! 이렇게 쉬운 조건이 있다니?!' 시누이가 될 분들에게 감사하기도 했고 이렇게 좋은 사람들과 인연을 맺는다는 것에 기분도 좋았고 복이 나에게 넝쿨째 굴러오는 느낌이었다.

그 간단한 조건에 부합하기 위해 나는 그때부터 선양에 있는 조선교회를 다니기 시작했다. 그 교회 목사님은 여자분이셨고 우리말을 하는 중국 동포였다. 꼭 하나님을 믿어야 하는 팔자였던 것인지 처음부터 너무 짜인 각본처럼 교회는 나에게 다가왔다. 목사님의 첫 설교를 들으니 왠지 나의 이야기를 구구절절 하는 것 같았고 무엇보다 두려움과 불안이 없는 따뜻한 분위기의 교회가 좋았다. 이런 곳이 하나님이 계신 곳인가? 이런 곳을 천국이라고 하는 건가? 라는 생각도 하면서 교회를 다니기 시작했다.

정말 꼭 내가 다녀야 하는 교회, 꼭 만나야 하는 하나님인 것처럼 나에게는 늘 기도해야 하는 제목들로 넘쳐났다. 기도할 때 처음으로 낭독해야 하는 사도신경과 주기도문조차 제대로 읽어보지 못한 나였는데 기도할 제목들만 가득했다. 남편과 하나가 되어 함께 할 인생길이 순탄치만은 않으니 어찌 기도 제목이 없을 수가 있었을까? 내가 가는 곳 어디든 항상 기도해야 할 제목들로 넘쳤고 불안과 두려움에 놓여있던 내가 맘 편히 속 털어놓을 수 있는 유일한 시간이 바로 기도 시간이었다. 남편에게도 나에 대해 솔직히 말하지 못했고, 밝히기 전까지 내 이름으로 당당하게 살던 것이 아니었고 남의 인생을 뒤집어 쓰고 살고 있던 나였기에 하루도 마음 편할 날이 없었다. 중국에서의 모든 기쁨과 행복은 잠시 잠깐이었다. 그 뒤에는 항상 가짜라는 것이 내 마음을 힘들게 했고 두렵게 했었다.

중국에서든 한국에서든 나에게 종교라는 것이 없었다면 아마 버티기 힘들었을 것이다. 하나님께 감사해야 할 일들로 넘치는 사람이 바로 나인 것 같다. 이런저런 많은 일을 겪으면서 이 세상을 살아가는 사람이라면 한 가지 신은 꼭 섬기는 것이 좋겠다는 생각을 했다. 삶이라는 것이 그렇게 순탄하기만 한 것이 아니라 바다에서 밀려오는 파도 같은 것이니까. 바르고 선하게 살아도 세상이 나를 가만두지 않을 때도 있는 것 같았다. 그렇게 한 번씩 밀려오는 거센 파도를 이겨 내려면 나를 수호해 주는 신이 있다고 믿으며 세상을 살면 조금은 덜 힘들고 이겨 낼 힘도 생기는 것 같다. 비록 앞뒤 두서없이 하는 기도라고 할지라도 하나님은 다 들어주시고 응답해 주신 것 같다. 이런 믿음이 있기에 지금도 끊임없이 기도하고 있는 것이 아닐까? 가끔은 사람들이 나에게 물어 온다.

"하나님이 진짜 있다고 믿으세요?"

그럴 때마다 나는 이렇게 말한다.

"당신의 마음속에 하나님이 있으면 있는 것이고 없으면 없는 것 아니겠어요?"

종교는 절대로 강요할 수 있는 것은 아닌 것 같다. 특히 사이비 종교가 판치고 있는 지금 종교에 대해 말하기가 꺼려지는 것은 나도 마찬가지이다. 하지만 그럼에도 꼭 종교를 믿으라고 말해 주고 싶은 사람들이 있다. 바로 나처럼 북에서 온 새터민들이다. 특히, 한국에 정착하기 시작한 사람들에게는 꼭 종교가 필요한 것 같다. 처음 정착할 때에는 기쁨과 행복보다는 다른 환경과 문화에 적응하느라 많이 불안하고 힘든 것이 현실이다. 정착하는 과정 중에 새터민들이 도움을 청할 수 있는 곳은 제한적이고 그것마저도 어려울 때가 있다. 종교는 이런 새터민들이 한국이라는 이곳에서 정착하며 새롭게 출발하는 데 위안이 되어 주기 때문이다. 이로 인해 한국 사람들과 어울리기도 조금은 쉬워지고 종교라는 울타리 안에서만큼은 같이 하기에 편견을 버릴 수 있는 곳이며 힘들고 지칠 때 그리고 외로울 때 언제든지 찾을 수 있는 곳이기도 하다.

하나원에서도 다양한 종교를 운영하고 있었다. 내가 들어보지도, 알지도 못한 종교까지 운영하고 있었다. 하나원도 종교가 한국 사회에 정착하는 새터민들에게 조금이나마 도움이 되었으면 하는 바람에서 운영하는 것 같았다. 일요일마다 모든 종교가 운영되고 있었고, 그 중에 나는 하나원에 있는 하나교회를 다녔었다. 그 교회에 가면 선교활동을 나온 분들이 따뜻하게 맞이해 주었고 맛있는 음식도 함께 준비되어 있었다. 그러나 그때 교회를 다니던 새터민들은 처음 듣는 성경이야기를 전혀 이해하지 못했고 어려워했다. 나 또한 성경책을 이해하고 읽기 시작한 것은 그리 오래되지 않았다. 한국에서 사는 나도 이제 겨우 읽히기 시작한 성경책인데 그들에게는 정말 그냥 하얀 종이에 까만 글씨일 뿐이었을 것이다.

교회를 처음 나가게 된 새터민들의 관심사는 처음에는 신이 있느냐 없느냐?였고 그들끼리 토론한 끝에 내린 결론은 "종교는 필요없다."였다. 하지만 하나교회로 선교를 온 그 많은 종교인이 와서 예배하고 기도도 했지만, 그 누구도 새터민들에게 왜 종교가 필요한지 정확하게 이야기해 주는 사람은 단 한 명도 없었다. 그런 점이 너무 아쉬웠고 안타까웠다.

나와 함께 하나원 생활을 하던 동기들이 나에게 물었다.

"언니? 언니는 왜 하나님을 믿슴까? 교회가면 이상한 소리나 하고 뭐라고 하는지 하나도 모르겠슴다. 하나님이 어디 있다고…"

나에게 이렇게 이야기하는 그들에게 길게 설명할 필요가 없었고 설명할 수도 없어서 이런 말을 해 주었다.

"지금은 하나원이 울타리가 되어 주고 있잖아. 나가면 교회가 울타리가 되어 줄 수 있으니까. 힘들고 지칠 때 기도할 수 있는 곳이니까!"

나의 이야기를 듣더니 머리를 끄덕이며 조금은 공감하는 듯했다. 이렇게 말한 이유는 나가면 금세 잊힐지라도 울타리라는 말을 기억했다가 힘들거나 외롭고 지칠 때 한 번이라도 교회를 찾아가길 바래서였다. 때마침 목사님 설교 중에 위안이 되는 성경 구절이 나왔다.

"수고하고 무거운 짐 진 자들아 다 내게로 오라. 내가 너희를 쉬게 하리라."

하나원에 있을 때 나의 전도로 교회를 나가게 된 언니가 있었다. 어느 날 교회 예배가 끝난 후 만난 언니가 나에게 화난 얼굴로 이야기를 했다.

"아니 있잖니. 아니 아까 그룹 기도하고 있는데 갑자기 화장실이 급해서 가려고 하는데 집사님이라는 사람이 기도할 때 화장실 가면 안 된다고 하더라. 그래서 화장실도 못 가고 참느라 혼났다. 그게 뭐니. 짜증 나서 앞으로 교회 안 나갈 거다! 왜 화장실도 못 가게 하니?"

그 이야기를 듣고 화난 언니에게 이야기해 주었다.

"언니. 교인들은 기도할 때 화장실은 거의 안 가. 기도에 방해가 되니까. 그런데 하나님이 화장실을 못 가게 하는 건 아니니까 잠깐 다녀와도 괜찮아."

말은 이렇게 하면서도 아주 속상했다. 이런 일들이 생길 때마다 그들이 교회와 점점 멀어지고 종교를 싫어하게 될까 봐… 그런 속상한 마음이 항상 마음에 걸려 기도할 때마다 그들을 생각한다. 하나교회에서 선교하시는 분들이 조금만 더 그들의 마음을 헤아릴 수 있다면 좋을 텐데 하는 아쉬움과 그들의 아픈 마음을 함께 공감해줄 수 있는 전도사들이 하나원에 더 많이 갈 수 있다면 좋을 텐데 하는 안타까움이 있었다. 하나원에 있는 동안 동기들에게 한국의 기독교에 대해서도 많은 이야기를 해 주고 그들의 마음을 헤아려 보려고 노력했었다. 하지만 그들과 계속 함께할 수 있는 것이 아니었기에 안타까움과 아쉬움을 달래고 헤어져야만 했다. 다행히 그때 함께 다녔던 동기들 중

221

교회에 잘 다니는 친구도 몇 명 있다.

지금 내가 할 수 있는 것은 그들을 위해 기도하는 것뿐이다. 또 언젠가는 하나님이 나의 간절한 소망이 담긴 그들을 위한 기도를 들어주실 줄 믿으면서 나는 계속해서 기도한다. 항상 그랬듯이 나에게 기도는 하나님께 나아가는 시간, 나를 돌아보는 시간, 내가 가진 것에 감사하는 시간, 모든 것을 내려놓을 수 있는 시간이기도 하다. 남자아이 둘을 키우는 엄마이다 보니 아이들과 함께 기도한다. 아이들과 함께 하는 기도 시간은 아이들에게도 좋은 교육이 되는 것 같다. 많이 부족하고 서툰 엄마다 보니 더욱 신앙으로 아이들을 키우고 싶어졌다.

아직 인생의 반도 살지 않은 나에게 또 어떤 삶의 파도가 올지 모르지만 아무리 거친 삶의 파도가 닥쳐 와도 하나님께 맡기며 기도로 이겨 내는 자가 되어 승리하면서 살아갈 것이다.

북한댁의 직설적인 대화

한국 사람과 북한 사람의 차이점은 많이 있지만 그중 다른 점 하나를 꼭 뽑아야 한다면 나는 대화 방법이라고 하겠다. 조금씩 개인의 차이는 있겠지만… 감정에 솔직하게 생각나는 대로 직설적인 대화 방법을 많이 쓰는 것이 북한 사람들의 특징이다. 처음 한국에 왔을 때부터 지금까지 나에게도 바뀌지 않은 것이 있다면 위에서 언급한 바와 같이 아마 직설 대화 방법인 것 같다.

대한민국 국민으로 사는 동안 나는 한국 문화 속에서 사람들과 어울려 살면서 많은 것이 바뀌었지만 직설 대화법은 바꾸고 싶지 않았다. 그래서 남편 또는 친한 지인들과 이야기할 때도 소위 한국에서 말하는 돌려서 말하기를 하지 않는다. 그런 탓에 곰 같은 여자라는 말도 들었고 직설적으로 말하는 나를 보며 당황하기도 했으며 심지어 안 좋은 시선들도 보냈지만, 나를 꾸준히 만났던 사람들은 솔직 담백

하게 말해서 좋다고 했다. 그나마 조금 달라진 것이 있다면 깊게 생각하고 중요한 부분만 말하는 것이다.

처음 한국에 왔을 때부터 친하게 지내는 언니가 있는데 그 언니에게 직설적인 말로 당황하게 만든 적이 있었다. 어느 날 언니는 맛있는 것을 사 줄 테니 함께 점심을 먹자고 하며 무슨 음식을 좋아하는지 물어보았다.

"넌 뭘 먹고 싶어? 버섯 좋아해?"

"아니요! 언니 저는 버섯을 싫어해요!"

아무렇지도 않게 웃으면서 버섯 싫어한다고 말하는 나를 보며 언니는 묘한 표정을 지으며 다시 물었다.

"그럼 뭘 먹고 싶어?"

"저 고기 좋아하는데, 언니는 뭘 좋아하세요?"

"그래? 나도 고기 괜찮아. 그럼 우리 고기 먹으러 가자!"

그날 언니는 나에게 바로 이야기하지 않고 얼마 지난 뒤 이야기해 주었다.

"그때 네가 버섯 좋아하냐고 물어보는 나에게 버섯 싫어한다고 단호하게 말해서 당황했었어."

"아! 정말요?"

"대부분의 한국 사람들은 밥을 사주는 사람이 뭐 좋아하냐고 물으면 아무거나 괜찮다고 말하거든. 너처럼 싫다고 말하는 사람은 진짜 처음이었어."

나는 그제야 그때 언니의 묘한 표정이 이해가 됐다. 그 언니와 나는 서로 너무 다른 생각을 하고 있었다. 사실 나는 내가 밥을 사든 다른 사람이 밥을 사든 그게 중요한 것이 아니라 돈을 주고 먹는 것이기에 좋아하는 음식을 맛있게 먹는 것이 상대방에 대한 예의라고 생각했다. 버섯을 싫어하는 내가 아무렇지 않게 괜찮은 척, 좋아하는 척하면서 맛있게 먹을 수 있었을까? 맛있게 먹지 못하는 나의 모습을 본다면 밥을 사 주는 사람은 기분이 좋을까? 라는 것이 나의 생각이었다. 나는 언니에게 다시 물었다.

"언니. 지금도 변한 게 없이 여전히 직설적으로 말하는데 괜찮아요?"

"응. 네가 나쁜 의도로 그런 것이 아니고 너의 성격이니까 이제 괜찮아. 그리고 돈 주고 사 먹는 음식 서로 좋아하는 거로 맛있게 먹는 게 더 좋지."

지혜로운 언니 덕분에 우리는 서로의 다른 점을 정확하게 알게 되는 계기가 되었으며, 우리 둘 사이에는 '괜찮은 척', '아무렇지 않은 척'과 같은 '척'이 필요 없는 편안하고 솔직한 관계로 발전해 나갔다. 오랜 세월 한국에서 살았지만 나는 아프지 않은 척, 상처받지 않은 척, 괜찮은 척, 기분이 좋은 척을 잘 못하며 돌려 말하는 것도 잘 못한다.

그래서 사회생활 하는 것에 가끔 마이너스가 될 때도 있는 것 같다. 하지만 아무렇지 않은 '척'이 들어가는 행동과 말을 하기 위해 감수해야 하는 불편함보다는 가끔 있는 마이너스가 결과적으로 나에게 더 이로움을 주기에 변함없이 직설 대화법으로 이야기한다. 남편은 나와 이런 것에 대한 대화를 나누다가 이렇게 물어본 적이 있다.

"자기야. 만약에 자기가 일하는 회사의 상사가 그다지 좋은 사람도 아니고 자기가 싫어하는 행동만 하는 사람이야. 그런 상사랑 일해야 한다고 하면 자기가 말하고 싶은 대로 말하며 행동할 수 있어?"

솔직히 남편의 그 물음에 나는 선뜻 대답하지 못했다. 만약에 정말 그런 힘든 상사를 만나 어려운 상황에서 내가 일하고 있다면… 그렇다면 나는 어떻게 했을까? 물론 쉽지는 않겠지만 나는 아마도 최선을 다해 최고의 방법으로 상사와 잘 지내려고 노력할 것 같다. 세상의 모든 사람은 나와 다르고, 다른 생각과 행동을 한다. 하지만 서로 다른 것뿐인데 우리는 흔히 틀렸다며 상대방의 다른 것을 못마땅하게 여겨 내게 맞추어야 한다고 생각하며 살지 않는가! 그래서 우리는 대인관계에서 많은 스트레스를 받으며 힘들게 살아가고 있는 것 같다. 상대방은 나와 다를 수도 있고 다르다고 생각하면 상대방에 대해 단점보다는 장점을 먼저 보게 되는 효과도 있고 불필요한 스트레스도 받지 않는다. 나 또한 상대방의 다름을 보는 눈과 인정할 줄 아는 능력을 키우려 노력하고 있지만, 말처럼 쉽게 되지 않을 때가 있다. 그러나 앞으로도 계속해서 실천해나가려고 노력 중이다.

내가 그랬듯이 다수의 새터민도 한국 사람들이 돌려 말하는 것에 대해 틀렸거나 거짓말한다고 생각한다(한국 사람들은 자신의 감정에 솔직하지 못해 말을 돌려서 한다고 생각함). 그와 반대로 한국 사람들은 직설적인 대화를 많이 사용하는 북한 사람을 보며 당황해하고 오해하며 불쾌해한다. 즉, 새터민들은 상대방에 대한 배려가 전혀 없다고 생각한다. 이것 또한 문화의 차이에 의한 다른 것이지 틀린 것은 아니다. 개인적인 나의 소견으로 말한다면 한국 사람들이 돌려 말하는 이유는 크게 두 가지인 것 같다. 첫 번째는 상대방에 대한 배려, 두 번째는 자기 보장인 것 같다(남에게 안 좋은 이야기를 직접적으로 했을 때 상대방과 말다툼이나 싸움으로 커질 것을 미리 방지하기 위해). 내 인생에 플러스가 될 방법을 선택해야 한다면 그것은 분명 한국 사람들이 하는 돌려 말하기다.

북한 사람들이 직설적으로 말하는 이유도 크게 두 가지이다. 첫 번째는 솔직, 정확, 신속하게 전달하기 위해서, 두 번째는 북한사상에 의한 습관이다. 대부분의 새터민이 직설적으로 말하는 것은 고의가 아닌 북한 체제로 인한 것이 크다. 북한의 체재에 대한 선동선전, 자아비판, 3대 독자들을 결사 옹위하는 전투적인 말, 이런 곳에 오랜 시간 노출되어 살아온 탈북민의 대화는 서툴고 직설적이며 강하다. 새터민들도 한국이라는 나라에서 태어나 살았다면 똑같이 상대방을 배려하며 자기 보장이 되는 말을 사용하지 않았을까?라는 생각을 했다.

새터민의 정착 사례 통계 중에서 제일 어려움을 겪고 있는 사례 중 하나가 바로 언어라고 들었다. 비슷한 언어를 사용하지만 살아온 환경과 문화의 차이 때문에 겪는 소통의 어려움, 이 또한 남과 북의 다름을 인정하고 하나되기 위한 작은 시작의 변화가 필요한 것이 아닐까?

나의
마라톤 인생을
응원하며

2019년 2월 5일 드디어 『나는 북한댁이다!』를 완성했다.

글을 쓰기 시작한 것은 2018년 여름이었고 그때는 내가 과연 쓸 수 있을까? 책으로 출간 할 수 있을까?라는 걱정이 더 컸다. 우여곡절 끝에 원고를 다 쓰긴 했지만, 책 출간이 또 문제였다. 책 출간에 대한 경험이 전무했던 나는 수많은 시행착오를 겪었다. 남편과 함께 모든 것을 제대로 완성했다고 생각하여 위풍당당하게 책으로 출간했지만 나의 기대와는 달리 책 속에는 실수투성이었다. 잘못된 맞춤법이며 작은 글씨와 넓어진 자간으로 인해 눈으로 보며 읽기에는 많이 부족한 책이었다. 남편과 나는 다시 또 수정과 교정작업을 하기 시작했고 그렇게 여러번의 시행착오 끝에 결국 7개월 만에 완성하게 되었다.

달라도 너무 다른 우리는 수정할 때마다 의견 차이로 자주 다투었고 부글부글 끓어오르던 내가 결국 남편에게 한마디 했다.

"내 원고에 자꾸 양념 치지 마!"

남편은 나의 이야기를 듣고 크게 웃었다. 우리 부부는 어쩌면 다름 때문에 서로 맞춰가면서 힘든 일도 잘 이겨 내고 지금까지 이렇게 잘 살고 있는 건 아닐까?

북한을 떠나 중국을 거쳐 한국에 정착하면서 지금까지 나에게 많은 일이 있었다. 그렇게 많은 일을 겪으면서 내가 제일 힘들었던 때는 나의 신분을 숨기고 떳떳하지 못하게 살아온 시간이었다. 두려움과 불안에 익숙해져서 그래야만 살아갈 수 있을 것 같았던 그 시간은 내 생에 최고로 힘든 시간으로 기억되었다.

이 글을 쓰면서 내가 얼마나 두렵고 불안하게 살았으며 그로 인해서 내 가족들은 또 얼마나 힘들었는지 다시 한번 돌아보게 되었고 내가 가진 모든 것에 대한 참 소중함을 알게 되었다. 그리고 이제는 아이들에게도 떳떳한 엄마가 될 수 있겠다는 생각에 조금 더 씩씩해진 것 같다.

큰아이는 엄마가 쓰는 책의 내용이 무엇인지 아주 궁금하지만 다 완성될 때까지 기다리겠다고 했다. 이렇게 나를 믿고 응원해 주며 기다려 준 우리 가족과 나의 이웃들에게 진솔한 북한댁의 이야기를 들려줄 수 있음에 감사할 뿐이다.

요 근래 들어서 나에게도 드디어 꿈이 생겼다. 그 꿈은 바로 사회복지사가 되는 것이며, 새터민은 물론이고 도움이 필요한 우리 이웃들에게 조금이라도 힘이 될 수 있는 사람이 되어 돕고 나누며 살고 싶은 것이다. 이 꿈을 이루기 위한 여정이 어떨지는 나도 모른다. 가 보지 않은 초행길이어서 두렵기도 하지만 이 책을 완성한 것처럼 포기하지 않고 노력한다면 얼마든지 이뤄 낼 수 있기에 끝까지 해 보려고 한다.

마지막으로 북한댁의 서툰 글을 끝까지 읽어 주신 분들께 고개 숙여 깊이 감사드리고 계속해서 달릴 나의 마라톤 인생을 응원하며 이 글을 마친다.

나는 북한댁이다

ⓒ 북한댁, 2019

초판 1쇄 발행 2019년 5월 10일

지은이   북한댁
펴낸이   이기봉
편집   좋은땅 편집팀
펴낸곳   도서출판 좋은땅
주소   경기도 고양시 덕양구 통일로 140 B동 442호(동산동, 삼송테크노밸리)
전화   02)374-8616~7
팩스   02)374-8614
이메일   so20s@naver.com
홈페이지   www.g-world.co.kr

ISBN   979-11-6435-309-5 (03810)

이 도서의 국립중앙도서관 출판예정도서목록(CIP)은 서지정보유통지원시스템 홈페이지(http://seoji.nl.go.kr)와 국가자료공동목록시스템(http://www.nl.go.kr/kolisnet)에서 이용하실 수 있습니다. (CIP제어번호 : CIP2019017035)